Gert Ledig
Faustrecht

Gert Ledig

Faustrecht

Roman

Mit einem Nachwort von
Volker Hage

Piper
München Zürich

ISBN 3-492-04323-2
© Piper Verlag GmbH, München 2001
Gesetzt aus der Sabon
Satz: Uwe Steffen, München
Druck und Bindung: Clausen & Bosse, Leck
Printed in Germany

1

EDEL NOTH TRAF ICH zufällig einige Monate nach der Kapitulation in München. Meines Erachtens entbehrte seine Lage nicht einer gewissen Tragik. Dies kam hauptsächlich daher, daß man damals kein künstliches Gebiß beschaffen konnte.

Bei einem Sturz im Krieg hatte er sich sämtliche Zähne ausgeschlagen. Sein Gesicht zeigte seit diesem Tag Züge von stupider Beschränktheit, die jeden abstießen. Aber glücklicherweise wurde er sich dieser Tatsache niemals richtig bewußt. Ein anderer, ebenso folgenschwerer Zwischenfall bedrückte ihn weit mehr. Er war früher Student an der Akademie der bildenden Künste gewesen. Bei seiner Flucht aus dem amerikanischen Gefangenenlager hatte man ihm auf die Hände geschlagen. Mit dem Gewehrkolben und mit aller Wucht. Die Knochen waren wieder zusammengewachsen, aber es war ein Zittern zurückgeblieben; eine Störung seiner Nerven in den Fingern. Für ihn bedeutete dies, daß er nicht mehr malen konnte. Selbstverständlich hatte er es später trotzdem wochenlang versucht. Eines Tages fand ich ihn mit einem Bild. Das Bild lag am Boden, und er trampelte darauf herum. Es war das erstemal, daß ich ihn so sah, und am anderen Tag überredete ich ihn zum Surrealismus.

Für ihn war das damals gerade das Richtige. Vier Wochen später veranstaltete er bereits eine Ausstellung. Die Bilder hatte er auf Sperrholz gemalt. Es waren Wände, die er aus einem abgestellten Waggon herausgerissen hatte. Zu seiner Überraschung kamen in die Ausstellung sogleich ein paar hundert Leute.

Ich wollte mich auch nützlich machen. Immer, wenn ein Trupp zusammen war, stellte ich mich vor einem Bild auf. Dabei erklärte ich, was sich der Künstler dabei gedacht habe. Edel meinte, es sei Betrug. Trotzdem ging alles gut. Nur ein einziges Mal war ich versucht, jemandem die Wahrheit zu sagen. Der Besitzer der Galerie verstand eine Menge von Kunst. Er kam auf den Gedanken, die Bilder zwischen den Werken eines Naturalisten auszustellen. Deshalb hingen pausbäckige Engel neben bizarren Farbspielen. Ein Sachverständiger zeigte auf einen von den rundlichen Kinderkörpern. Er sagte: »Mein Herr, es mag alles richtig sein, was Sie da erzählen. Aber sehen Sie diese Hände! Solche Hände kann Ihr Freund nicht malen.«

Sicher kam er sich dabei wie ein Held vor. Aber Edel stand neben uns und mußte sich das anhören. In der ganzen Stadt gab es nicht zu essen, und ich hätte den Sachverständigen rausgeworfen, wenn er nicht so verhungert ausgesehen hätte. Dabei waren die Hände des Engels wirklich gut.

Daß Edel von den Bildern keines verkaufen konnte, lag nur an der Farbe. Um einen bestimmten Effekt zu erzielen, hatte er sie mit Wasserglas mischen müssen. Er war froh, daß die Farbe nicht schon während der Ausstellung abblätterte. Aber es ging ihm dabei auch nicht ums Verkaufen.

Er wollte nur der erste sein, der eine Ausstellung veranstaltete. Seinem Selbstbewußtsein half das mächtig.

Wir hatten zusammen in der Nähe des Botanischen Gartens eine Atelierwohnung gefunden. München ist eine angenehme Stadt. Nicht ganz wie Paris, aber gemütlicher. Doch weil die Stadt zerbombt war und weil die Amerikaner sie gerade erst erobert hatten und weil die Verhältnisse nicht geklärt waren, merkte man damals nichts davon.

Edel hatte seine Ausstellung Anfang November veranstaltet. Die Galerie lag in der Nähe des Hofgartens, und genau sieben Tage nach der Eröffnung beschlagnahmten die Amerikaner unsere Räume. Deshalb hatten wir an diesem Vormittag alle Bilder nach Hause getragen; und weil ich dachte, Edel bereite es Freude, und weil er es verdient hatte, redete ich über seinen Erfolg. Da unterbrach er mich und fragte nach Olga.

Olga war ein Mädchen, das auf den Strich ging. Ihre Illusionen waren ihr während des Krieges abhanden gekommen. Amerikanische Freunde bestritten ihren Unterhalt. Aber aus Stolz, und weil sie etwas auf sich hielt, trieb sie es nur mit Offizieren.

Die amerikanischen Offiziere waren damals gerade angehalten worden, ihre Damen gesundheitlich überwachen zu lassen. Weil es praktisch und zuverlässig war, bekamen ihre Damen dafür einen Paß. Zu gewissen Vorbedingungen, die an die Besitzerinnen solcher Pässe gestellt wurden, gehörte auch der Nachweis einer Arbeit. Da jedoch Olga auf ihre persönliche Unabhängigkeit Wert legte, wandte sie sich wegen dieser Sache an uns.

Ich bestätigte den Amerikanern, daß sie bei uns beschäftigt sei. Aus Dank für diese Gefälligkeit half sie uns dann gelegentlich im Haushalt. Damals bildete ich mir ein, sie empfinde die Anwesenheit der Amerikaner als Glück. An jenem Nachmittag jedoch warf Edel seine Zigarette auf den Boden, trat sie breit, sah mich an und sagte: »Hör mal, Robert. Geh doch einfach mal mit ihr ins Bett. Wenn du es besser verstehst als ihre Amerikaner, haben wir eine Zeitlang keine Sorgen. Sie beschafft uns alles, was wir brauchen, denn sie ist das Geschäftstüchtigste, was ich kenne.«

Ich stand gerade am Fenster, er saß hinter mir am Tisch. Seine Füße scharrten, er stand auf, und da läutete bereits die Glocke. Er fragte: »Ist sie das?«

»Vermutlich!«

Ich wandte mich um und ging zur Tür. Die Scharniere quietschten, der Gang lag vor uns im Dunkeln, und Edel drehte das Licht an.

»Bleib hier, Robert. Ich werde ihr öffnen«, sagte er. »Aber dann gebe ich ihr den Schlüssel und gehe ein bißchen weg.«

Als er hinunterstieg, knarrten die Stufen der Holztreppe unter seinen Tritten. Auf dem Gang hatte ich mich ans Geländer gelehnt und sah ihm nach. Er ließ unten die Tür zu unserer Wohnung offen, ging weiter, und nach einer Weile kam Olga. Sie kam die Treppe herauf, hing ihren Mantel an die Mauer und stand vor mir. Der Rock reichte nur knapp über die Knie. Dazu trug sie Nylonstrümpfe mit schwarzen Nähten.

»Rob, ich muß mich ausziehen«, sagte sie. »So kann ich nicht arbeiten. Würdest du mir aufknöpfen?«

Sie stellte sich mit dem Rücken zu mir, und ich begann den Verschluß an ihrem Kleid zu öffnen. Als sie ihren Kopf nach mir umdrehte, waren ihre Lippen vor meinen Augen. Als das Kleid auf ihrem Rücken auseinanderklaffte, ließ sie es zu Boden sinken, trat heraus, hing es auf. Die ganze Zeit über stand ich am Geländer und betrachtete ihre Beine.

Sie griff in ihre Manteltasche, sah mich an und fragte:
»Rauchen wir erst eine Zigarette, Rob?«
»Wenn du willst«, sagte ich. »Ich rauche Pfeife.«
»Mach eine Ausnahme«, sagte sie.
»Warum?«
Sie fragte: »Hast du wenigstens Feuer?«
»Ja.«
Auf ihren hohen Absätzen kam sie auf mich zu. Unter dem Hemd war alles noch viel deutlicher als unter dem Kleid. Einen halben Schritt vor mir blieb sie stehen. Sie war in Schuhen größer als ich. Während meine Hand nach dem Feuerzeug in meiner Tasche suchte, blickte sie mir in die Augen. Die Flamme zuckte, und ich gab ihr Feuer. Eine überflüssige Zeitlang kam sie mir ganz nah. Sie berührte mich mit ihrem Körper. Das Parfüm, das auf mich eindrang, hatte eine entfernte Ähnlichkeit mit Kölnischwasser. Als die Zigarette endlich brannte, hockte ich mich schnell auf das Geländer. Sie stellte sich neben mich, und wir blickten zur Decke.

Sie sagte: »Ich werde versuchen, Tabak zu bekommen, Rob. Die Jungens schenken mir nur Zigaretten.«
»Versuche es«, sagte ich. »Wir zahlen genausoviel wie jeder andere.«

»Unsinn.« Sie lächelte. »Wenn ich ihn umsonst bekomme, dann schenke ich ihn dir.«

»Reden wir darüber, wenn du welchen hast«, antwortete ich.

»Abgemacht, Rob.« Sie stieß eine Rauchwolke aus dem Mund, ihr Arm fuhr durch die Luft, danach lehnte sie sich mit dem Oberkörper rückwärts über das Geländer. Sie blinzelte mir zu, hob ihr linkes Bein auf und begann damit zu wippen.

»Liebling«, sagte ich, »du wirst dir das Genick brechen.«

Ihr Arm schlug aus und berührte meine Hand. »Würde es dir etwas ausmachen?«

»Eine Leiche in der Wohnung kann ich nicht leiden.«

Sie setzte ihr Bein auf den Boden und richtete sich wieder auf.

»Warum kümmerst du dich eigentlich nie um Mädchen?«

»Keine Zeit«, sagte ich. »Außerdem ist Edel in der Wohnung. Wir nehmen aufeinander Rücksicht.«

»Aber jetzt ist Edel nicht da«, sagte sie.

»Und?«

»Rob, verstehst du mich nicht?«

Ich wandte den Kopf zur Seite. »Reden wir von etwas anderem. Das ist zwecklos.«

»Bist du sicher?«

»Du wirst dich erkälten.« Ich rutschte vom Geländer herunter und strich über meine Hose. »Komm in die Küche und zieh deine Schürze über.«

»Wie du willst, Rob!« Sie zog an ihrer Zigarette, drehte sich zur Seite, und wir gingen in die Küche. In der Küche standen die Töpfe noch auf dem Gasherd. Die Kartoffelschalen lagen im Ausguß. Edel hatte für uns gekocht.

Neben der Tür hing ihre Kleiderschürze, sie schlüpfte hinein und begann mit ihrer Arbeit. Auf den hohen Absätzen schritt sie hin und her. Sie trug das Geschirr zusammen, und die Töpfe klirrten. Ihre Zigarette warf sie in den Eimer zwischen Gasherd und Kohleofen. Um ihr zuzusehen, nahm ich den einzigen Küchenstuhl. Dabei setzte ich mich so, daß die Lehne vor meiner Brust war. Ich sah ihr gern zu. Ich hatte dann das Gefühl, etwas sei jetzt in Ordnung. Woher es kam, wußte ich nicht.

Nach einer Weile fragte sie: »Glaubst du eigentlich, daß Edel kein Mädchen hat?«

»Da brauchst du nur sein Gesicht anzusehen«, sagte ich.

»Vielleicht war er noch nie mit einem Mädchen zusammen, Rob.« Sie schob einen Topf zur Seite, strich ihre Ärmel hoch und hantierte schweigend. Inzwischen zog ich meine Pfeife hervor und begann sie zu stopfen.

»Noch nichts über deinen Mann?« fragte ich.

Sie drehte den Wasserhahn auf. »So bald es geht, lassen wir uns scheiden, Rob. Das weißt du doch!«

»Empfindest du noch etwas für ihn?«

»Nein, Rob.« Sie kam auf mich zu und schritt vorüber. Ihre Schürze schlug auf, die Beine wippten wie Gerten, und ich zündete meine Pfeife an.

»Es würde mir auch nichts nützen«, sagte sie. Am Herd puffte das Gas, die Flammen leuchteten auf, und sie stellte den Wassertopf darüber.

Ich fragte: »Wie alt bist du jetzt?«

»Zwanzig.«

Von meiner Pfeife stiegen Rauchwolken zur Decke. Die Küche war feucht, und das Wasser glitzerte an den Wänden. Über die Glühbirne an der Decke kroch eine Fliege. Olga hob die Kartoffelschalen aus dem Ausguß und warf sie in den Eimer. Das Wasser auf dem Gasherd begann zu summen.

Ich stand vom Stuhl auf, machte einen Schritt nach vorn und sagte: »Wenn es dir recht ist, dann helfe ich dir abtrocknen.«

»Bitte.« Sie betrachtete mich von der Seite. »Du bist ganz anders.«

»Als wer?«

»Als mein Mann.«

»Möglich.«

Über dem Ausguß hing ein Tuch. Ich trat hinüber und zog es herunter.

»Bestimmt, Rob.«

Mit dem Tuch in der Hand trat ich neben sie und begann zu warten.

»Wir möchten dich einmal abends besuchen«, sagte ich. »Würde es dir etwas ausmachen?«

Ihr Gesicht wurde abweisend, das Parfüm drang wieder auf mich ein, und einen Augenblick lang fühlte ich die Versuchung, ihr die Schürze herunterzureißen. Aber es ging vorüber.

»Wenn ihr etwas kaufen wollt«, sagte sie. »Ich empfehle euch Hai. Das ist besser, als wenn ihr euch überhaupt dort sehen laßt.«

»Hai?« fragte ich. »Wer ist das?«

»Eifersüchtig?«

Ich sagte: »Einer meiner Freunde heißt Hai. Er kam ausgerechnet zur Marine, und seit einem Jahr habe ich nichts mehr von ihm gehört.«

Sie hatte den ersten Teller abgespült und reichte ihn herüber. »Das ist er, Rob«, sagte sie.

»Woher weißt du das?«

»Weil er auf seine Marinezeit stolz ist.«

Ich fragte: »Wie sieht er aus?«

»Blond.«

»Ich werde verrückt«, sagte ich.

»Das merkt man.«

»Erzähle! Erzähle, was er dort macht!«

»Geschäfte natürlich. Wo er wohnt, weiß ich nicht.«

»Weiter!«

»Es sind immer drei oder vier um ihn herum. Offenbar sind das seine Leute.«

Ich drehte mich zur Seite und sah sie an. »Wo kann ich ihn treffen?«

»Nirgends. Er kommt nur manchmal herein. Seine Geschäfte vertragen keine Zuschauer.«

Ich sagte: »Es ist gut. Wir erscheinen heute abend bei dir!«

Sie hob die Schultern. »Für Zivilisten ist das Lokal verboten.«

»Und er?« fragte ich.

»Das ist eine Ausnahme. Der hat Gewohnheitsrecht.«

»Nehmen wir uns auch«, antwortete ich, und in diesem Augenblick läutete die Glocke. Der schrille Ton kreischte durch die geschlossene Tür.

Olga sah mich an. »Das ist Davis!«

»Wer?«

Sie gab keine Antwort, trat zum Fenster und sah hinaus. »Davis«, sagte sie. »Er sollte erst um sechs kommen. Ich werde ihn wegschicken. Er ist ganz wild nach mir.«

Als ich mich neben sie ans Fenster stellte, sah ich unten auf der Straße einen Jeep. In der Dämmerung stand ein amerikanischer Soldat auf dem Gehweg und betrachtete das Haus. Er war ziemlich groß. Die Laterne, hundert Meter weiter, brannte bereits. Sein Schatten fiel schräg über das Pflaster wie ein Pfahl.

Ich sagte: »Hole ihn herauf. Er kann hier warten.«

Olga trommelte mit den Fingern gegen das Fensterglas. »Das geht nicht.«

»Warum nicht?«

»Also gut.« Sie öffnete das Fenster. »Davis«, rief sie. »Davis, one moment!«

Der Amerikaner hob schnell die Arme. Olga trat zurück. Während sie durch die Küche lief, nickte ich hinunter. Mir fiel ein, daß ihr Kleid noch im Gang hing. Ich ging hinaus, nahm es von der Mauer und trug es durch das Atelier ins Schlafzimmer. Die Glaswände und das Glasdach des Ateliers waren zertrümmert. Jetzt war es kalt.

Im Schlafzimmer mußte ich das Licht aufdrehen. Das Kleid breitete ich über mein Bett. Während ich hinter mir die Tür schloß und durch das Atelier zurückging, begann es zu regnen. Tropfen fielen auf meine Hand und auf den Boden. Drinnen im Gang hing bereits die Bluse des Amerikaners. Er war Leutnant. Durch die Küchentür klang seine Stimme. Ich öffnete.

»Hello!«

»Hello«, antwortete er, nahm den Arm von Olgas Hüfte und sah mich an. Ich mußte zu ihm hinaufblicken.

Olga erklärte ihm: »This is my chef.«

»Spricht er deutsch?« fragte ich.

»Er versteht bereits alles«, sagte Olga. »Jeden Tag lernt er mehr.«

Ich wies auf das Gestell neben dem Fenster. »Am besten, er setzt sich aufs Sofa!« erklärte ich. Das Gestell war aus Kisten zusammengenagelt. Wir hatten es mit amerikanischen Armeedecken überzogen. Die Decken hatte ich gegen Seife eingetauscht. Die Seife war so gut wie gestohlen und die Decken wahrscheinlich auch. Davis wollte sich auf sie niedersetzen, aber Olga rief: »No!«

»Why not?« fragte er.

»Er soll hier helfen«, sagte Olga zu mir. »Er ist es gewöhnt!« Sie warf ihm das Abtrockentuch an die Brust, und Davis fing es auf. Anscheinend hatte sie ihn schon ganz schön in Schwung. Während sie ihn anlächelte, blickte ich zum Ausguß. Ihn lächelte sie genauso an wie mich.

Davis begann abzutrocknen, und ich ließ mich wieder auf den Stuhl nieder.

»Ein netter Mensch«, sagte ich.

»My chef loves you«, übersetzte Olga.

»Oh, well.« Davis lachte. Sein Blick fiel auf die Wand. Edel hatte eines seiner Bilder dort aufgehängt, weil sie so nackt war. Davis betrachtete es einen Augenblick und fragte dann zögernd: »Your business?«

»No«, sagte ich. »My comrade's.«

»Very good picture!« Davis sah mich sachverständig an. Von der Sache hatte er bestimmt keine Ahnung, aber er war höflich, und ich merkte, daß er nett zu mir sein wollte. Mit dem Abtrockentuch polierte er eine Tasse, blickte auf das Bild und nickte.

»You like it?« fragte ich.

»Yes, liebe es!«

»Wir haben denselben Geschmack«, sagte ich. »You have a hard work?«

»Oh, no.« Er schüttelte den Kopf. »Sitzen.«

Ich sah Olga an und klopfte meine Pfeife aus. »Was meint er damit?«

»Er sitzt in einem Büro.«

»Das ist gut!« Ich blickte wieder auf Davis und fuhr fort: »Also heute abend kommen wir. Hai gehörte schon früher zu uns. Du wirst sehen, was da losgeht.«

Olga gab keine Antwort. Davis legte sein Tuch auf den Tisch, zuckte mit der Schulter und wartete. Er hatte alles abgetrocknet, auch eine Bierflasche, die überhaupt nicht naß war. Hinter meinem Rücken holte Olga den Besen. Sie kam zurück, bückte sich, dabei öffnete sich die Schürze vor ihren Beinen. Davis stellte sich neben sie, blickte zu mir herüber und strich mit seiner rechten Hand über ihren Nacken.

»Es ist unangenehm«, sagte Olga. »Immer muß er mich anfassen.« Als sie sich aufrichtete, schob sie ihn beiseite. Sie begann zu kehren. Davis sah ihr zu. Die Schürze lag eng um ihren Körper. Wenn sie einen Fuß vorstellte, glänzten die Nylonstrümpfe im Lichtschein. Sie hatte eine verdammte Art, ihre Beine zu setzen.

»Wir wollen tanzen und vorher noch ein Stück wegfahren«, sagte sie. Ihr Blick richtete sich auf Davis. »Er kann nämlich nie genug bekommen, aber mir ist es draußen zu kalt.«

»Wenn du willst?« antwortete ich. »Die Küche stelle ich euch zur Verfügung.«

Olga sah erst Davis an, dann blickte sie auf mich. »Hier wäre es wenigstens warm.« Sie schüttelte den Kopf. »Aber es geht nicht.«

»Warum nicht?«

»Was wird Edel dazu sagen, Rob?«

»Nichts.«

»Gut.« Sie verzog spöttisch den Mund. »Wenn ich fertig bin, fangen wir an.«

»Du kannst morgen weitermachen«, sagte ich.

Davis betrachtete das Bild von Edel. Olga nahm den Kehricht von der Schaufel, warf ihn in den Eimer, schritt zum Ausguß und wusch sich die Hände. »Davis, liebst du mich?« fragte sie.

»Yes!«

»Willst du mich haben?«

Davis fragte: »What?«

Olga warf den Kopf zurück, sah ihn an und zeigte aufs Sofa. »Mein Chef geht.«

»That's good!« antwortete Davis, griff in seine Brusttasche, zog eine Packung Zigaretten hervor, kam herüber und hielt sie mir entgegen.

»Danke!« Ich nahm ihm die Packung aus der Hand.

»Forget it!«

Ich stand auf und ging zur Tür. Bevor ich hinausging, sagte ich: »Macht's gut.«

Davis zog den Kopf ein und lächelte verlegen. Die Tür fiel hinter mir ins Schloß. Von Olga wurde sie wieder geöffnet. Sie fragte: »Hast du ein Handtuch, Rob? Morgen wasche ich es dir wieder aus.«

»Komm mit.«

»One moment!« rief Olga Davis zu, dann schritt sie hinter mir durch den Gang. Wir gingen nebeneinander ins Atelier. Es war bereits naß vom Regen. Im Schlafzimmer drehte ich das Licht an, öffnete den Schrank und zog ein Handtuch heraus.

»Hier«, sagte ich. »Sei vorsichtig mit dem Sofa. Es hält nicht viel aus.«

Olga blickte mich an. Als sie das Handtuch nahm, strich sie über meinen Arm. »Soll ich ihn wegschicken, Rob?« fragte sie.

»Nein.«

»Bedeute ich dir gar nichts?«

»Du bedeutest mir mehr als ...«

»Als?« fragte sie. Ihr Mund kam mir nahe. Ich spürte ihren Atem.

»Mehr, als du glaubst.«

»Wir schicken ihn weg, Rob«, sagte sie.

»Nein.« Ohne Absicht trat ich einen Schritt zurück. Ihre

Hände zerknüllten das Tuch. Einen Augenblick zögerte sie noch, dann klapperten ihre Absätze. Sie schritt zur Tür. Als ich ihre Schritte draußen nicht mehr hörte, zündete ich mir wieder eine Pfeife an, legte mich aufs Bett und deckte mich zu.

2

ES WAR EIN verhältnismäßig kalter Abend, und gegen sieben Uhr fuhren wir los. Wir fuhren von der Haltestelle Palmenhaus bis zur Unterführung am Bahnhof Obermenzing, dann weiter in Richtung Autobahn. Wir erreichten die Ausfahrt fünf Minuten später. Außer Edel und mir saß noch ein Amerikaner im Bus. Als wir an der Endstation hielten, stieg er mit uns aus, drängelte sich am Kühler vorbei und verschwand.

Die Dunkelheit lag ringsherum wie ein Schleier. Es regnete nicht mehr, und in der Ferne leuchteten Lichter. In der Finsternis glichen sie einem verschwommenen Fleck. Auf den Fleck gingen wir zu, unser Weg war etwas schlammig.

»Du hast mir noch gar nicht erzählt, ob es ihr gefallen hat«, sagte Edel. »War sie zufrieden?«

Ich antwortete: »Danach habe ich sie nicht gefragt. Einer ihrer Freunde hat sie abgeholt, und wir konnten nicht viel reden.« Die Worte riß mir ein plötzlicher Windstoß fast vom Mund, und plötzlich begann es zu schneien. Die nassen Flocken setzten sich auf mein Gesicht. Sie zerrannen und liefen über mein Kinn. Ich zog den Kopf ein.

»Sie ist das seltsamste Mädel, das mir je begegnet ist«, sagte Edel. »Vielleicht sind wir alle falsch erzogen. Irgendwie ist sie besser dran als wir.«

Er lief einen halben Schritt voraus, blickte ins Dunkle und sah mich nicht an.

»Du zerbrichst dir den Kopf über mich. Das solltest du nicht tun«, sagte ich.

Unser Weg führte an einem Schild vorüber. Die Farbe hatte sich gelöst. Es waren Worte in englischer Sprache. Ich konnte die Schrift nicht mehr richtig lesen. Der Weg wurde schmaler. Scheinwerfer strahlten eine Tankstelle an, und dahinter duckten sich Dächer.

»Hör zu«, begann Edel. »Wir haben lange nichts mit Frauen zu tun gehabt, deswegen macht sie dich unsicher. Aber du darfst nie vergessen, daß sie in Wirklichkeit gar nichts wert ist. Sie kommt aus der Gosse, und sie wird immer bleiben, was sie ist.«

Ich sagte: »Du hast recht. Verdammt noch mal, ich wußte gar nicht, was du für ein schlauer Kerl bist.«

Wir bogen in einen Pfad ein. Hundert Meter vor uns lag die Tankstelle. Edel lief hinter mir. Ein Haus mit erleuchteten Fenstern hockte im Dunkeln. Die Flocken verklebten meine Wimpern. An der Tankstelle lungerten Gestalten herum. Es waren amerikanische Soldaten. Sie zogen Kanister von einem Stapel. Einer hielt einen Schlauch. Der Pfad lief auf das Haus zu. Eine Tür klappte, jemand ging durchs Dunkle, blieb stehen. Wasser begann zu plätschern. Die Person ließ in der Finsternis Urin ab.

Edel rief: »Hello!«

»Kiss my äss!«

»Vornehme Gegend hier«, sagte ich.

Wir gingen an der Gestalt vorüber, und vor der Tür blieben wir stehen. Edel zog seinen Mantelkragen herunter und klopfte sich die Flocken ab. Mit meinem Taschentuch wischte ich mir das Gesicht trocken. Als Edel die Tür öffnete, standen wir in einem Glaskasten. Die Scheiben waren gerillt, durch die Wände klang Gelächter und Musik von einem Automaten.

»Geh schon«, sagte ich.

Edel stieß die Glastür zurück; uns schlug eine Wolke warme Luft entgegen. Hinter der Tür an der Wand lehnte ein Major. Freundlich lächelte er uns an. Seine Uniformhose war feucht, als hätte er das Wasser nicht halten können.

»Der verträgt unser Bier nicht«, sagte Edel.

»Ihre Hygiene ist vorbildlich.«

Edel sagte: »Deswegen verbrannten sie auch unsere Säuglinge mit Phosphor.«

Ratlos sah der Major uns nach. In der Mitte des Raumes bemühten sich ein paar Mädchen, dem Rhythmus des Musikautomaten zu folgen. Ihre Tanzpartner schwitzten. Sie schienen mir alle schon ein wenig betrunken. Der Automat sah aus wie der gläserne Kühler eines Autos. Er drehte sich fortwährend um sich selbst. Auf die Gesichter fiel gedämpftes Licht. An uns drückte sich ein Pärchen vorbei. Er roch ein bißchen nach Bier und sie nach Parfüm.

An den Wänden standen Tische, eine Menge Offiziere hockten dahinter, die Mädchen zwischen ihnen schwitzten alle ein wenig, und ihr Puder war nicht mehr ganz frisch.

Auf den ersten Blick schien es recht gesellig.

»Dort sitzen sie«, flüsterte Edel.

Unter einer roten Ampel sah ich Davis und daneben Olga. Ich winkte hinüber. Davis hob den Arm, und Olga stand auf.

»Von Hai keine Spur«, sagte Edel.

»Abwarten.«

Olga kam auf uns zu. Sie schob ihre Hüften hin und her. »Zieht eure Mäntel aus«, sagte sie. Sie wollte Edel helfen, aber er gab seinen Mantel mir, und ich hing unsere beiden Mäntel an einen Haken.

»Hello, Davis!«

»Roby«, lächelte Davis. Woher er meinen Namen kannte, wußte ich nicht. Er hatte gerötete Augen, und seine Zunge schlug an. Mit der Hand hieb er auf den Tisch. Die Gläser wackelten, und ein Captain neben ihm blickte auf. Das Mädchen an seiner Seite zeigte mir ihre Zähne. Sie war noch ein Kind. Wir traten näher, und Olga machte uns bekannt.

»Das ist Davis, das ist Wight, das ist Katt«, erklärte sie. Sie blickte uns an und sagte: »Edel and my chef.«

»Angenehm.« Edel gab nacheinander allen die Hand. Das Mädchen, welches uns Olga als Katt vorgestellt hatte, steckte sich eine Zigarettenspitze in den Mund. Als Edel vor ihr stand, sagte er: »Daß ich dich hier treffe, hätte ich nicht gedacht.« Wie mir schien, wurde er dabei ein wenig rot, und als ich ihn ansah, blickte er auf den Boden.

»Du denkst eben zuviel«, antwortete das Mädchen Katt, dabei hielt sie einen Augenblick zu lange seine Hand fest.

Edel drehte sich schnell zur Seite und fragte laut: »War Hai schon da?«

»Bis jetzt noch nicht«, sagte Olga.

»Bier! Bier for the camerads!« schrie Davis. Er hob sein Glas. »Prost, camerads!«

Es war kein Bier da, mit dem wir anstoßen konnten. Ich setzte mich neben Edel. Der Captain beschäftigte sich mit dem Arm des Mädchens Katt. Er tat es unter dem Tisch. Aus dem Musikautomaten erklärte eine krächzende Stimme: »I love you!«

»Woher kennst du das Mädchen?« fragte ich.

Edel zog sein Taschentuch, ließ es fallen und bückte sich danach. »Wieso kennen?« fragte er. »Irgendwo habe ich sie mal gesehen, das ist ...«

»Was?«

»Sie ist nicht älter als fünfzehn.«

»Fang um Gottes willen nicht davon an«, sagte ich.

»Warum nicht?«

»Damit man uns hier nicht rauswirft.«

Eine Hand, die ein Bierglas hielt, schob sich über meine Schulter. Ich drehte mich um und sah jemandem ins Gesicht. Eine Sekunde lang betrachtete ich den Burschen, dann sah ich, daß er Hosen von unserer Marine trug. »Guten Abend«, sagte ich. »Viele Grüße an Hai.«

»Kenne ich nicht«, antwortete er. Gläser stießen gegen die Tischplatte. Der Bursche ging weiter. Rauch von Zigaretten schwebte über unsere Köpfe. Edel richtete sich auf, er fragte: »Hast du was von Hai gesagt?«

»Nein.«

Die Musik aus dem Automaten wurde schneller. Die Paare hinter unseren Rücken paßten sich dem Takt an, und es wackelte der Boden. Die Hände des Captains arbeiteten unter der Tischplatte. Er war mindestens vierzig. Seine Glatze glänzte.

Ich fragte: »Wer ist der Bursche, Olga?«

»Er ist ein Freund von ihm und hier angestellt.«

Edel fragte laut: »Von Hai?«

Das Mädchen Katt blickte auf. »Warum redest du eigentlich soviel?«

»Das denke ich mir schon die ganze Zeit«, antwortete Olga. Davis wollte ihre Schultern streicheln, aber sie drückte ihn beiseite. Eine Flamme zuckte auf. Edel zündete sich eine Zigarette an. Hinter uns stießen Mädchen spitze Schreie aus. Jemand klatschte im Takt. Um Katt abzulenken, sagte ich: »Keine gewöhnlichen Soldaten hier?«

»Gefällt Ihnen das nicht?«

»Doch.«

Edel sagte: »Die ist vornehm geworden. Gewöhnliche Soldaten oder Landsleute sind nicht mehr gefragt.«

»Edel!« rief Olga. »Wenn du dich nicht benehmen kannst, mußt du gehn.«

»Bin schon ruhig.«

Katts Gesicht war weiß geworden. Sie sah uns an, aber sie sagte kein Wort. Der Aschenbecher auf dem Tisch quoll von Kippen über. Die Hälfte davon trug Spuren von Lippenstift. Davis hielt Edel sein Glas entgegen.

»Prost!«

»Prost.«

Es klirrte. Sie verschütteten Bier. Ein Rinnsal lief über die Tischplatte. Ich wischte es mit der Hand breit.

»Frag Davis, ob ich mit dir tanzen darf!«

»Komm.« Olga stand auf. Wir gingen nebeneinander bis zur Mitte des Raumes. »I love you«, sang noch immer die Stimme aus dem Automaten. Ich legte den Arm um Olgas Hüfte, und das Parfüm drang wieder auf mich ein. Ihre Hand war feucht.

»Katt wird ihm das zurückzahlen«, sagte sie.

»Er ist mit den Nerven fertig, man muß das entschuldigen.«

»Nerven?«

»Na ja«, sagte ich. Olga lehnte sich zurück. Ihre Beine waren an meinem Körper. Die Musik in dem Automaten raste, und ich fand es sinnlos, ihr zu folgen. Wir blieben stehen. Der Bursche mit der Marinehose lehnte hinter der Theke. Gleichgültig sah er herüber. Offiziere standen von den Tischen auf. Ihre Mädchen hielten sie an den Händen. Sie zogen sie nach einer Tür. Ein Paar nach dem anderen verschwand. Der Raum wurde leerer.

»Was ist los?« fragte ich.

»Sie machen ein Spiel.«

Ich mußte den Kopf heben, wenn ich in ihr Gesicht sehen wollte. Die Lippen leuchteten vor meinen Augen.

»Was für ein Spiel?«

»Willst du es genau wissen?«

»Ja.« Ich drückte ihre Hand. Davis blickte vom Tisch herüber, aber Edel trank ihm zu.

»Sprich schon.«

»Mein Gott, quäl mich nicht, Rob.«

Ich preßte ihre Finger. Sie trug einen Ring, und ihre Haut schob sich darüber. Sicher tat es weh. Als ich auf ihre Lippen sah, biß sie die Zähne zusammen.

»Rede schon.«

»Irgendeine tanzt...«

Ich lockerte meinen Griff. »Come to me, come to me«, schwärmte die Stimme aus dem Automaten. Ich beugte meinen Kopf zurück, um ihr Gesicht besser zu sehen, und wir bewegten uns im Takt.

»Hast du schon mal so getanzt?« fragte ich.

»Nein.«

»Das ist gut.«

Olga sagte: »Nur drei Wochen.«

»Was?«

»Wir hätten uns drei Wochen früher kennen müssen. Nur drei Wochen, Rob. Glaube mir.«

»Schade«, sagte ich.

Der Automat und die Stimme waren am Ende. Jemand schaltete daran herum. Olga wollte warten, aber ich ließ ihre Hand los. »Geh an den Tisch, ich komme gleich.«

»Über Hai wirst du nichts erfahren.«

Ich gab keine Antwort, drehte mich um, schlenderte zur Theke hinüber. Als der Bursche mich kommen sah, wusch er ein Glas aus. Hinter seinem Rücken war eine Tür. Flaschen standen herum. Ich ging langsam an der Theke entlang, am Eingang zu ihr blieb ich stehen.

»Kann ich dich mal sprechen?«

Der Bursche antwortete: »Wenn Sie Lust zum Reden haben!«

»Nicht hier.« Ich nickte mit dem Kopf zu der Tür hinter der Theke.

Der Bursche stellte das Glas in ein Regal. »Das geht nicht.«

»Nur eine Minute.«

»Ich bin Kellner.«

Der Automat begann wieder zu spielen. Ein langer Amerikaner wankte vorüber. Er stieß mich an und blieb an mir hängen.

»I beg your pardon«, sagte ich.

»You'r welcome!« Der Amerikaner ging weiter, und ich beugte mich über die Theke. »Eine Packung Zigaretten, wenn du mit mir redest.«

»Ist es das wert?«

»Ja.«

»Erst die Zigaretten.«

Ich zog eine Packung aus der Tasche und warf sie über die Theke. Sie verschwand in der Marinehose.

»Kommen Sie!« Er schritt voraus. Die Tür führte in einen Gang. Fässer standen im Weg. An der Decke leuchtete eine Glaskugel.

Als das Schloß hinter mir einschnappte, sagte ich: »Zeig mal deine Hand.«

»Warum?« Der Bursche hob unschlüssig seinen Arm hoch, und ich griff schnell nach seinen Fingern.

»Wo ist Hai?« fragte ich.

»Das weiß ich nicht!«

Ich bog ihm mit einem Ruck seine fünf Finger nach hinten. »Wo ist Hai?«

»Von wem reden Sie eigentlich?« Er wurde ganz rot im Gesicht, und der Schmerz trieb ihm die Adern aus der Stirn.

»Mach deinen Mund auf!« Ich zog mein Knie an und stieß ihn in den Unterleib. »Rede!« Ich dachte, er würde antworten, doch als ich ihn losließ, sah er mich nur an.

»Mach deinen Mund auf!«

Er spuckte auf den Boden und schüttelte den Kopf.

»Hai und ich, wir sind Freunde«, sagte ich. »Du kannst es mir glauben.«

Er drehte sich um und wollte zur Tür zurück, dabei sah er zufällig auf meine rechte Hand. Die Hälfte davon hatte mir ein Geschoß abgerissen. Sie sah aus wie eine Sichel. Wenn sie einmal für einen Gruselfilm Statisten benötigten, konnte ich mich verkaufen.

»Also Sie sind derjenige«, sagte er.

»Ja, das bin ich.«

»Hai wohnt im Keller. Gehen Sie hier den Gang entlang, dann finden Sie ihn.« Er lachte.

Ich wandte mich um, schritt den Gang entlang und stieß mit dem Knie gegen ein Faß. Den Schmerz spürte ich nicht. Nach zwanzig Schritten führte eine Treppe nach unten. Ich wäre fast die Stufen hinuntergefallen. An ihrem Ende stieß ich gegen eine Holztür. Als ich sie aufdrückte, öffnete sie sich geräuschlos. Alles war dunkel. Ich berührte ein Rohr und zog meine Hand zurück. Das Eisen war heiß. Wärme breitete sich aus. Als ich mein Feuerzeug anbrannte, huschte der Lichtschein über die Wände. Schatten verzogen sich; ich drehte mich zur Seite, und mein Blick fiel auf eine Bahre. Jemand lag darauf ausgestreckt. Es war kein Toter. Er atmete.

»Hai«, sagte ich.

Er fuhr auf, als hätte ich ihn gestochen.

»Mensch!«

Er saß eine ganze Minute steif auf der Bahre und starrte mich an, bis ich am Boden eine Kerze sah und sie anbrannte.

»Gib mir mal eine Ohrfeige«, sagte er. »Damit ich aufwache.« Kratzer liefen über seine Stirn. Ich setzte mich auf die Bahre, kräftig schlug ich auf sein Bein.

»Jetzt weiß ich es«, sagte er. »Es ist Wirklichkeit.«

»Edel ist auch da!«

»Wo?«

»Oben! Er sitzt ahnungslos in dem Lokal und trinkt sein Bier. Komm mit rauf!«

»Geht nicht. Ich kann mich nicht so sehen lassen.« Er griff nach seiner Stirn. Die Kratzer sahen aus, als wäre er mit dem Gesicht über eine Betonmauer gerutscht.

»Was ist los?«

»Rede doch nicht soviel. Ich muß erst richtig aufwachen. Du und Edel! Ich kann das gar nicht fassen.«

Ich stand auf. »Hai, wir haben eine Wohnung. Du ziehst natürlich zu uns. Aber jetzt will ich Edel holen.«

Er griff nach meiner Hose und zog mich wieder zurück. »Das geht nicht.«

»Warum nicht?«

»Du hast wohl keine Ahnung, was ich hier mache? Wir können jetzt kein Aufsehen brauchen.«

Ich sagte: »Olga hat mir was angedeutet. Sie ist bei mir beschäftigt, im Haushalt.«

»Ja, so machen es alle. Zeig mal deine Hand.«

»Hier.«

Er sagte: »Na, ja. Besser, als einen Fuß oder einen Arm weg.«

»Sieht es sehr eklig aus?«

»Nun rede doch nicht so blöd«, sagte er.

»Du, damit ich es nicht vergesse.« Ich blickte in die Kerzenflamme. »Wenn du Edel siehst, laß dir nichts anmerken. Er hat sich zum Schluß noch sämtliche Zähne ausgeschlagen. Er sieht scheußlich aus.«

Er lehnte sich wieder zurück und blickte zur Decke. »Gib mir eure Adresse. Morgen nachmittag habe ich Zeit, da feiern wir Wiedersehen.«

Ich strich mir über den Mund. »Olga wird dich hinbringen. Es ist schwierig. Die Amerikaner haben den Straßennamen entfernt. Dafür ist die Gegend um so besser.«

»Wie du willst.«

»Nun erzähle mir, was du hier treibst«, sagte ich.

»Wir plündern amerikanische Lastwagen. Gestern hatte ich einen kleinen Unfall.« Er zeigte auf sein Gesicht. »Deswegen möchte ich mich nicht sehen lassen.«

»Wir?«

»Ja, ein paar Jungens, die ich aufgelesen habe. Aber wer hat dir eigentlich verraten, daß ich hier unten bin?«

»Der Bursche von der Theke.«

»War mal Maschinist. Jetzt ist er Verbindungsmann. Spielt hier Kellner, und wir haben keinen schlechten Umsatz.«

»Bißchen dreckig.«

»Wie man's nimmt, Robert. Hauptsache, man lebt.«

Ich schwieg.

Hai sagte: »Hoffentlich haben sie Edel die Zähne nicht ausgeschlagen.«

»Damit hat das nichts zu tun. Das war nur ein Unfall.«

»Dann ist es ja in Ordnung. Schade, daß sie ihm sonst nichts angetan haben.«

»Haben sie. Edel kann nicht mehr malen. Sie haben ihm die Hände verpfuscht.«

Hai nickte. »Schade, daß ihr keine Amerikaner seid, dann wäre ich für euch ein Held. Aber so ...«

»Nun rede doch nicht solchen Mist«, sagte ich. »Das ist deine Sache, und du kannst machen, was du willst.«

»Ist schon gut«, sagte Hai. »Geh jetzt. Wenn einer von denen da oben merkt, daß du so lange weg bist, das ist nicht gut für mich.«

»Morgen«, sagte ich und stand auf. »Edel wird schimpfen.«

»Bestimmt. Ich freue mich schon, Robert.« Er streckte mir seine Hand entgegen. Als er mich drückte, merkte ich, daß er sich doch nicht so verändert hatte, wie ich vorher glaubte. Es dauerte einen Augenblick, bis wir uns losließen. Über die Treppe stieg ich aus dem Keller, ging durch den Gang, zwischen den Fässern hindurch, und erreichte wieder die Theke.

»Kannst jetzt du zu mir sagen«, wandte ich mich an den Maschinisten.

»Wird gemacht!« Er sah mir nach, und ich ging quer durch das Lokal zu unserem Tisch. Als ich ankam, schlug Davis gerade mit den Fäusten auf einen Stuhl und brüllte: »I want whisky!« Kurz danach sank er zusammen. Er war hoffnungslos betrunken. Ich setzte mich nieder.

»Du bist lange geblieben.« Olga sah über mich hinweg. Katt legte ihre Arme auf den Tisch. Die Finger spielten mit der Zigarettenspitze. An ihrer Schulter lehnte der Captain und schlief. Auf seiner Glatze standen Schweißperlen.

Edel fragte: »Ich möchte wissen, warum der Schankbursche so auf unseren Tisch starrt.«

»Vielleicht gefällt ihm Katt?« Ich schlürfte an meinem Bier, aber es schmeckte schal, und ich setzte es wieder nieder.

»Katt sieht müde aus«, sagte ich.

Katt lächelte, schob vorsichtig den Kopf des Captains von ihrer Schulter und beugte sich vor. »Sind Sie auch müde?«

»Teilweise.«

Der Musikautomat begann zu bumpern. Zwei Mädchen rannten am Tisch vorüber. Sie hielten ihre Offiziere am Arm. Edel malte mit dem Finger eine Figur auf den Tisch.

»Es wundert mich«, sagte Katt, »daß man Sie hier nicht rauswirft.«

Edel zog eine Zigarette hervor. »Beziehungen!«

»Soll das eine Anspielung sein?«

»Nein.«

»Hier ist eine Luft«, erklärte Olga. »Furchtbar mit Spannung geladen.«

Ich griff über den Tisch nach ihrem Arm. »Hai läßt dich grüßen«, sagte ich leise.

»Ach.«

Edel fragte laut: »Keine Spur von Hai?«

»Sind Sie Zuhälter, Herr?« fragte mich Katt.

»Sie können mich Robert nennen!«

Katt wandte sich an Olga. »Heißt er so?«

»Ja.«

»Dann müssen Sie Katt zu mir sagen.«

»Mache ich schon die ganze Zeit.«

»Freut mich, Robert!«

»Mich auch, Käthe«, sagte Edel.

»Mit dir habe ich mich nicht unterhalten!« Katt beugte sich nach vorn. Ihre Brüste waren spitz. Sie berührte damit den Tisch, und sie schoben sich hoch.

»Jetzt«, sagte Edel, »will ich dir einmal sagen, was du bist. Du bist eine ganz dreckige ...«

Ich griff nach seinem Arm und zog ihn herum. »Komm, wir gehen!«

»Wird auch Zeit, Rob!«

Gleichzeitig standen wir auf.

»Wenn es dir recht ist, Olga, nehmen wir Davis mit hinaus.«

»Sicher, Rob.«

Ich griff nach Davis' Schulter. »Hallo, boy!«

Während wir uns anzogen, mußte er sich an die Wand lehnen. Sein Blick war glasig. Olga schob ihm die Mütze in die Tasche, und er rührte sich nicht.

»Zahlen nicht vergessen!« rief Katt.

»Hier!« Edel warf einen Geldschein auf den Tisch. »Der Rest ist für den Schankburschen.«

Wir nahmen Davis in die Mitte. Als ich mich umdrehte, sah ich, daß uns Olga nachblickte, aber da öffnete Edel schon die Glastür, und ich mußte Davis hindurchschieben.

Draußen empfing uns eine unangenehme Nässe. Der Wind hatte sich gedreht. Er blies direkt in unsere Gesichter. Davis umklammerte meinen Arm. Er wankte vornübergebeugt. Lichtschein fiel aus den Fenstern. Er glitzerte in Pfützen. Unsere Schritte knirschten. Über dem Wasser lag eine Eisschicht.

Davis wollte nicht vorwärts. Wir zogen ihn mit.

»Schade«, sagte Edel, »daß uns keiner sieht. Samariterdienst für unsere Feinde.«

»Bildest du dir etwa was drauf ein?« fragte ich.

»Ja, da bilde ich mir was drauf ein«, sagte Edel.

Das Schlagen eines Blechdeckels klang von der Tankstelle herüber, und ein Hebel klopfte gegen Metall. Glasscheiben reflektierten die Strahlen hinter dem Haus. Schritte klangen auf und verstummten wieder. Mit Davis in unserer Mitte gingen wir um die Hausecke herum. Die Tankstelle lag vor uns. Sie war beleuchtet wie ein Schaufenster. Hinter den Säulen stand ein Lastwagen der Armee, doch die Soldaten waren verschwunden.

»Setzen wir ihn hinein?« fragte Edel.

»Ja, es wird ihn schon einer mitnehmen.«

Wir liefen durch das Licht der Strahler. Davis setzte mechanisch einen Fuß vor den anderen. Er gehorchte unseren Griffen. Seine Augen waren geschlossen.

»Das Mädchen hast du beleidigt«, sagte ich.

»Na, wenn schon, Robert. Mit der Sorte kann man doch nicht anders reden.«

Hinter dem Lastwagen war ein Raum mit Glaswänden. Da die Tür offenstand, gingen wir mit Davis hinein. Ein Stuhl stand an der Mauer. Darauf setzten wir ihn. Als wir ihn losließen, sank er zusammen.

»Der muß allerhand hinter sich haben«, sagte Edel.

Wir sahen uns um. Der Stuhl war das einzige Möbelstück. Auf dem Beton stand ein Aschenbecher. Er war leer. Die Kippen lagen ringsherum am Boden. An der Wand hinter mir hing das Titelbild einer amerikanischen Illustrierten. Ein Mädchen im Badeanzug. Man hatte sie mit Nägeln angeheftet.

»Nette Figur«, erklärte Edel.

»Müssen aber ziemlich knapp damit sein.«

Die Auffahrt lag verlassen hinter den Glasscheiben. Wir blickten hinaus. Unter dem Lastwagen lief eine Ölspur hervor. Die Tür des Führerhauses war angelehnt.

Auf dem Trittbrett stand eine leere Flasche. In ihr spiegelte sich eine Lampe. Es sah aus wie ein Stern.

»Jetzt muß ich dir ein Geständnis machen«, sagte ich. »Bitte höre mich ruhig an.«

»Rede nur.« Edel zog Davis die Mütze aus der Tasche. Er stülpte sie ihm auf den Kopf.

Über die Ausfahrt neben dem Lastwagen fiel ein Schatten. Es war die Silhouette einer Gestalt. Sie stand regungslos, und der Kopf des Schattens hing nach vorn. Es sah aus, als lausche sie.

»Ich habe Hai gesprochen«, sagte ich.

»Was?«

Edel ließ seine Hand auf den Kopf von Davis fallen. Er drückte ihm die Mütze erst in die Stirn und dann auch noch über die Augen. Davis begann zu keuchen.

»Bring ihn nicht um«, sagte ich.

»Du sprichst mit Hai? Und? Robert, gehöre ich nicht mehr dazu?«

»Es ging nicht. Er kommt morgen zu uns. Ich konnte auch nicht viel reden.«

»Warum?«

Ich gab keine Antwort. Neben dem Lastwagen machte die Gestalt einen Schritt nach vorn. Plötzlich sprang eine zweite Gestalt neben ihn, und dann gingen beide an dem Lastwagen entlang. Es waren keine Schatten, aber ihre Tritte blieben lautlos.

»Merkst du was?«

Edel antwortete: »Ich bin doch nicht blind.«

»Das sind Hais Leute.«

Metall klirrte. Die beiden standen an der Rückwand des Lastwagens. Einer von ihnen kletterte hinauf. Er bewegte sich schnell und sicher.

»Jetzt verstehe ich«, sagte Edel.

»Für Hai ist eben der Krieg noch nicht zu Ende.«

»Würde ich nicht mitmachen.«

»Wär' dir zu dreckig?«

»Außerdem hätte ich Angst«, sagte Edel.

»Angst?«

»Ja, du weißt eben nicht, wie das ist, wenn man dir mit einem Gewehrkolben auf die Hände schlägt.«

»Kann ich verstehen.«

Die beiden draußen hatten lautlos eine Kiste heruntergehoben. Am Trittbrett entlang gingen sie mit ihr davon. Sie liefen gebückt, aber nicht hastig. Der Schatten des Hauses verschluckte sie.

»Saubere Arbeit.«

»Sauber?«

»Besser, wir gehen.«

Davis saß zusammengeknickt, die Mütze über den Augen, auf dem Stuhl. Wir schritten zur Tür. Edel schlug sie hinter uns zu. Es klimperte. Als wir drüben wieder an den Fenstern des Hauses vorbeikamen, fiel der Lichtschein auf unsere Füße. Der Musikautomat spielte noch immer.

Eine lange Reihe Scheinwerfer kroch die Autobahn entlang. Das Summen der Motoren drang herüber. Die Kolonne fuhr abgeblendet. Sie bewegte sich gleichmäßig. Ein riesiges Reptil, das sich glitzernd durch die Nacht auf Beute begab.

Wir standen nebeneinander und rührten uns nicht von der Stelle. Wir warteten, bis das letzte Licht der Kolonne verschwand, dann gingen wir weiter. Während wir vorwärts schritten, klirrte unter unseren Füßen der gefrorene Boden. Der Pfad führte ins Dunkle. Es gab nichts, wonach wir uns richten konnten.

3

AM ANDEREN TAG hockten wir den ganzen Morgen in der Küche herum und warteten auf Hai. Das Wetter war nicht besser geworden. Wir hatten den Gasherd angedreht, dadurch wurde es wenigstens warm. Mittags aßen wir kalt. Es gab geröstetes Brot, Obst und amerikanisches Eipulver. Die zwei Äpfel und das Brot gab es auf Zuteilung. Das Eipulver hatte uns Olga gebracht. Es schmeckte ein wenig nach Seife.

Edel erklärte mir nach dem Essen, daß ich mich aufs Sofa legen könne, während er Ordnung schaffe. Ich entgegnete: Mir wäre es lieber, er überlasse das mir. Eine Weile redeten wir darüber hin und her, bis er mir das Sofa ersparte. Danach setzte er sich auf den Stuhl und begann, damit zu kippen. Er war nervös. Er kippte fortwährend auf und nieder.

Ich sagte: er solle aufhören; aber er antwortete: Frau Wotjek sei nicht zu Hause, und somit gebe es niemanden, den das störe.

Mit der Wotjek hatte er recht. Ihr Sohn war seit drei Jahren, nach einem Unternehmen in den Welikaja-Sümpfen, nicht mehr gesehen worden. Sie war die Besitzerin unseres Hauses; eigentlich wohnte sie unter uns. In Wirklichkeit hauste sie in einem Keller. Vier Tage vor der Kapitulation besaß sie noch ein Haus in der Stadtmitte, in dem sie mit dem Sohn gewohnt hatte; wenn ihr Sohn zurückkehrte, würde er als erstes diese Ruine besuchen. Daher lebte sie in dem Keller unter der Ruine. Wir empfanden das als angenehm. Etwas Langweiligeres als die Geschichte von jemandem, der aus den Welikaja-Sümpfen nicht zurückgekehrt war, gab es nicht, und Edel sah keinen Grund, seine Kipperei einzustellen.

Er hörte erst damit auf, als unsere Glocke anschlug.

Edel stürzte zur Tür, der Stuhl flog um, und als er die Tür hinter sich zuknallte, dachte ich, die Scheibe bräche heraus. Ich blickte durch die Küche und suchte die Spuren von Staub oder irgend etwas, das noch beseitigt werden mußte; doch es war nichts da. Wenn Hai eintrat, würde er unsere Sauberkeit bewundern. Das Gemälde an der Wand hatten wir vertauscht. Edel war der Ansicht, das Bild, über dessen Sperrholz er weiter nichts als Striche gezogen hatte, sei sein bestes. Ich hatte es *Vergitterte Zukunft* genannt und dazu in der Galerie eine schöne Erklärung erfunden, und vielleicht hatte Edel recht. Jedenfalls hängten wir es deswegen auf.

Die Küchentür öffnete sich, herein kam Olga, dann kam Edel, und dann kam niemand.

»Wo ist Hai?« fragte ich.

Edel antwortete: »Der kommt erst in einer halben Stunde. Warum hast du ihm unsere Adresse nicht gegeben, Robert?«

»Weil ich dachte, es sei besser, wenn keiner zufällig einen Zettel mit unserer Anschrift bei ihm finden kann«, sagte ich.

»Ich bin vorausgegangen«, erklärte Olga, »da ich das

Gefühl hatte, ihr könntet mich brauchen.« Sie setzte eine volle Einkaufstasche auf den Tisch, zog ihren Mantel aus und gab ihn Edel.

»Was ist denn da drin?«

»Nun rate mal«, antwortete Olga. Sie packte aus. Sie zog eine Tischdecke hervor und öffnete eine Schachtel. Aus der Schachtel kam eine Torte. Oben darauf war ein Anker aus Schokolade. Und dann kamen aus der Tasche noch ein paar amerikanische Konservenbüchsen und drei Flaschen Wein und eine ganze Stange Zigaretten. Edel öffnete den Mund, starrte alles an und schloß den Mund wieder. Gesagt hatte er nichts.

»Einer setzt Wasser auf«, erklärte Olga. »Der andere muß mir helfen.«

»Hai lebt nicht schlecht.«

»Der hat alles, was er braucht«, antwortete Edel. Er trat zum Küchenschrank, holte einen Topf heraus und ging damit zum Ausguß. Das Wasser rauschte. Olga zog drei kleine Tücher aus der Einkaufstasche und legte sie auf den Tisch. »Zur Ehre des Tages bekommt jeder eine Serviette.«

»Hai denkt an alles«, sagte Edel.

Ich ging zum Küchenschrank, holte vier Tassen mit vier Tellern und stellte sie auf den Tisch. Edel hatte den Wassertopf zum Herd gebracht. Er kam herüber, nahm eine von den Tassen mit dem Teller wieder weg und trug sie zurück in den Küchenschrank. Ich blickte auf.

Edel sagte: »Wir sind bloß drei, und mit Geschirr muß man sparsam umgehen. Es gibt ohnedies immer Streit wegen dem Aufwasch.«

»Er hat recht«, wandte sich Olga an mich. »Außerdem wollte ich gar nicht dableiben.«

Ihre Lippen wurden schmal. Während sie die Tassen und das übrige auf den Tisch verteilte, blickte sie nicht auf. Später, als sie den Kaffee fertig machte, war ihr Blick auf den Boden gerichtet. Wir sprachen kein Wort.

Durch das Tischtuch wirkte die Küche freundlicher. Aus den Konservendosen errichtete Olga eine Pyramide auf dem Schrank. In der Mitte des Tisches stand die Torte. Edel und ich hoben den Tisch ans Sofa.

Olga fragte: »Braucht ihr mich noch?«

»Nein«, sagte Edel. »Kannst schon gehen. Vielen Dank für die Mühe!«

Olga nahm ihren Mantel vom Stuhl, zog ihn an, griff nach der Tasche und schritt zur Tür. »Morgen komme ich nicht.«

»Nein, morgen brauchst du nicht zu kommen«, sagte ich.

»Unterhaltet euch gut, Rob.«

»Danke.«

Edel sagte: »Laß die Tür unten offen.«

»Mache ich.« Sie schloß die Küchentür von außen. Ihre Absätze klapperten über den Gang. Wir hörten, wie sie die Treppe hinunterstieg. Es war warm geworden. Über den nassen Wänden hing ein feiner Nebel. Edel setzte sich aufs Sofa.

»Wie stellt sie sich das eigentlich vor?« fragte er. »Fahre ich neulich im Bus, da steigt sie ein und redet mich vor allen Leuten mit *Du* an!«

»Kennt dich doch niemand!«

»Nein, aber vielleicht sie.«

»Aber wenn niemand dabei ist, macht es dir nichts aus?« fragte ich.

»Das ist etwas anderes.«

»Seltsam.«

»Finde das nur seltsam«, sagte Edel. »Kannst sie ja heiraten.«

Ich sagte: »Und wenn ich mit ihr ins Bett gehe, das findest du richtig?«

»Glaube ich kaum. Keiner springt über seinen eigenen Schatten, Robert. Du gleich gar nicht.«

»Hast mich aber ermuntert.«

»Wäre mir auch lieber«, sagte Edel. »Würdest dich hinterher ekeln. Damit wäre die Sache zu Ende.«

Im Gang schlug die Glocke zweimal an. Edel stand auf, schritt zur Tür und rief: »Anderes Thema! Hai kommt.«

Er lief die Treppe hinab, ich sah zum Fenster hinaus. Draußen reckten die Bäume ihre Äste in den Nebel. Sie standen da wie Skelette. Einer winkte mit dem Arm.

Es war trübselig. Die Straße, die ins Nichts führte, der verhangene Himmel und die nackten Kastanienbäume... Allee im Winter – nur der Schnee fehlte.

Es verging einige Zeit, bis ich Hais Stimme hörte. Die beiden hatten sich im Treppenhaus bereits gegenseitig ihre Geschichte erzählt. Edel hatte einen roten Kopf. Hai lächelte. Seine Kratzer im Gesicht waren unauffälliger geworden. Während er sich den Mantel auszog, gab er mir die Hand.

»Was sehen meine Augen«, sagte er. »Glaube, ihr lebt

nicht schlecht. Eine richtige Torte mit'n Anker drauf!« Er drehte sich um. »Schönen Dank auch!«

»Für was denn?« Edel sah ihn an, und ich sah Edel an.

»Nehme aber von euch nichts geschenkt«, sagte Hai.

Er griff nach einem Paket, das Edel hielt, legte es auf den Stuhl und erklärte: »Drei Flaschen Whisky, fünfzig Zigaretten. Denke, das wird reichen.«

»Entschuldige mal.« Ich nickte zum Tisch. »Das Zeug da hat Olga gebracht. Hast du ihr das nicht gegeben?«

»Nein.«

Hai schüttelte den Kopf. Er betrachtete die Torte, und dann leckte er sich über die Lippen. Es wurde still in der Küche. Das Zischen der Gasflammen blieb das einzige Geräusch.

»Ehrlich nicht?«

»Nein, zum Teufel!«

Edel sagte: »Da sitzen wir schön in der Tinte.«

»Was ist denn los?«

Edel sagte: »Nun, auf jeden Fall werden wir es zusammenfressen.«

»Das werden wir nicht tun!«

Ich trat zum Fenster, meine Finger trommelten gegen die Scheiben. Es war genau die Stelle, an der es gestern Olga auch getan hatte. Hinter mir blieb es still, bis Hai fragte: »Habt ihr euch gestritten?«

»Er will uns den Spaß verderben, weil das Zeug von Olga stammt. Bis jetzt dachten wir, es wäre von dir.«

»Ach.«

»Ja, er liebt sie nämlich, mußt du wissen«, sagte Edel. »Aber hoffnungslos.«

»Nun hör mal, Robert. Die muß sich die Finger nach dir ablecken, wenn du sie willst!«

»Aber sie will ihn ja.«

»Und?«

»Können sich nicht einigen, wegen der Beschäftigung von ihr!«

»Er wird sie doch nicht gleich heiraten wollen?«

»Billiger macht er's nicht.«

»Tut mir leid«, sagte Hai, »aber da komme ich nicht mit.« Auf der Straße unten fuhr ein Omnibus vorüber. Nasser Dreck flog von den Rädern zur Seite. Auf seinem Verdeck war ein Stuhl festgebunden. Die vier Beine zeigten in den Himmel.

Ich drehte mich um und blickte auf den Tisch. »Nicht einmal bedankt haben wir uns.«

»Doch, Robert. Habe ich. Hast du es nicht gehört?«

Ich sagte: »Also setzt euch. In Gottes Namen!«

»Endlich.«

Edel griff nach meinem Arm, zog mich zum Sofa und drückte mich nieder. »Werden uns doch von einer Nutte nicht den Appetit verderben lassen!«

Hai ließ sich auf den Stuhl fallen. »Komm, lächle bißchen.« Er sagte: »Wir haben vier Jahre gekämpft, jetzt kämpft sie für uns. Das ist der Lauf der Dinge.«

Edel nahm ein Messer und ging auf die Torte los. »Den Anker bekommt Hai«, sagte er. Hai begann gleich zu essen. Die Schokolade tropfte über sein Kinn. Er versicherte: »Aber es ist wirklich eine tolle Person.«

Ich sagte: »Nun eßt doch wenigstens mit Verstand!«

»Kaffee her!« sagte Edel.

Ich stand auf, trat zum Herd, holte die Kanne herüber und goß uns ein.

»Noch ein Stück Torte«, sagte Edel.

»Noch ein Stück Torte«, sagte Hai.

»Wir haben gestern deine Leute gesehen. Benehmen sich nicht schlecht«, sagte ich.

»Habe ich mir gleich gedacht, daß ihr schnüffelt.« Hai hatte das zweite Stück Torte auf seinem Teller.

»Ja, überhaupt?« fragte Edel. »Wie geht es dir eigentlich?«

»Gut.«

»Ausreichender Verdienst?«

»Ausreichend, um dir ein Gebiß zu beschaffen.«

»Hör davon auf. Da bin ich empfindlich.«

»Das ist mein Ernst!« Hai kratzte mit dem Löffel seinen Teller sauber, und dann nahm er sich das dritte Stück Torte. »Eigentlich ist es so gut wie abgemacht. Der Zahnarzt ist einverstanden, aber die Gaumenplatte kann er dir nur aus Gummi machen.«

Edel sagte scharf: »Hör auf davon!«

Hai legte seinen Löffel auf den Teller. Es klirrte. Er sah ihn an. »Freut dich das nicht? Den ganzen Vormittag bin ich deswegen hin und her gerannt. Oder denkst du vielleicht, man bekommt heutzutage ohne weiteres Gebisse?«

»Das ist doch nicht dein Ernst?«

»Zum Teufel!« Hai begann wieder zu essen. »Natürlich! Was denn sonst?«

»Also!« Edel wischte sich über den Mund und befühlte seine Lippen.

»Bitte, zieh Edel nicht auf«, sagte ich.

»Zum Teufel!« rief Hai. »Seid ihr alle beide taub? Wenn ich Edel ein Gebiß verspreche, dann weiß ich, was ich sage.«

»Hai?« Edel überlegte sich, was er sagen sollte.

»Kein Wort mehr über die Sache!« rief Hai. »Die Adresse von dem Zahnarzt schreibe ich dir auf. Und jetzt Schluß davon. Schließlich habe ich es schon bezahlt.«

»Bist ein feiner Kerl«, sagte Edel.

»Lest eine Messe für mich!«

Ich fragte: »Wieso, bist du auch Katholik?«

»Wer ist es denn noch?«

»Edel.«

»Nun mach bitte einen Punkt!« Hai griff nach seinem Paket und begann, an den Schnüren herumzuziehen. Unter dem Papier klirrten die Flaschen.

»Was will ich machen«, erklärte Edel. »Irgendwie muß ich doch ins Leben zurückkehren. Bis jetzt gibt es noch kein Stück Papier, das mir erlaubt, diese Luft zu atmen.«

»Wieso?«

»Er hat Pech gehabt, in der Normandie«, sagte ich.

Edel strich sich mit der Hand über die Augen. »Es war dumm. Erst ergaben sie sich. Etwa zwanzig Mann. Keiner von uns hat sich weiter um sie gekümmert, und daraufhin suchten sie ihre weggeworfenen Waffen wieder zusammen und knallten auf uns los. Den Rest kannst du dir vorstellen.«

»Jetzt steht er auf der Liste«, sagte ich. »Mancher kommt dazu und weiß nicht, wie.«

»Das ist peinlich.«

Edel nahm seine Kaffeetasse und trank sie auf einen Zug leer. »Ja, was soll ich machen?«

»Und da bist du jetzt richtiger Katholik?«

»Nein, erst bekommt man Unterricht, und dann muß ich noch gefirmt werden.«

»Und?«

»Bei der ersten Beichte werde ich die Wahrheit erzählen. Wenn sie mir dann nicht helfen, soll sie der Teufel holen.«

Hai hatte das Paket geöffnet. Er stellte die Flaschen auf den Tisch. Jedem gab er eine Packung Zigaretten. Wir begannen zu rauchen. Ich holte Gläser vom Küchenschrank und stellte sie neben die Tassen. Für mich blieb nur ein Bierglas. Meine Zigarette zerriß ich und stopfte den Tabak in die Pfeife.

»Bist du jetzt auch unter die Kippenleser gegangen?« fragte Hai.

»Nein«, sagte ich. »Aber der Krieg ist vorüber, und da denkt man wieder an sich selbst. Pfeife ist gesünder.«

»Sprichst du auch schon lateinisch?« fragte Hai.

»Ad majorem Dei gloriam.«

Hai sagte: »Nein, was es nicht alles gibt. Mir scheint, es wurde Zeit, daß ich euch getroffen habe.«

»Schon wegen dem Gebiß«, antwortete Edel. Er griff nach einer Flasche. Ich hatte einen Korkenzieher an meinem Messer und gab es ihm. Edel machte die Flasche auf.

»Ich bin wirklich froh, daß ich euch getroffen habe!«

»Wir auch.«

Hai sagte: »Es ist nämlich so: Meine Leute sind in Ordnung, aber für eine richtige Sache sind sie mir nicht sicher genug.«

»Nicht sicher?«

»Sie haben zuviel Angst. Deswegen bin ich froh, daß ihr da seid.«

Edel antwortete: »Aber ich habe auch Angst.«

Hai lachte. Er goß die Gläser ein. »Auf was trinken wir?«

»Auf den Minister!«

»Was für einen Minister?«

»Dem die Wohnung hier gehört!«

Hai fragte: »Was, die Wohnung gehört einem Minister?«

»Nein, sie hat ihm gehört. Jetzt sind wir hier!«

Hai rief: »Zum Wohl, auf alle Minister dieses Landes!«

Wir stießen die Gläser an und begannen zu trinken. Edel und ich nahmen nur einen Schluck, dann setzten wir ab. Ich blickte auf Hai. Meine Kehle brannte wie Feuer.

»Mensch, da gehört Wasser dazu«, sagte Edel.

»Natürlich!« Hai lachte. »Ich wollte nur mal sehen, ob ihr auch gebildete Leute seid.«

»Kannst du von uns nicht verlangen.«

»Schließlich seid ihr in den letzten Jahren durch ganz Europa gewandert.«

»Die Hälfte bin ich gefahren!« Edel stand auf, um Wasser zu holen.

»Ich bin immer gewandert«, sagte ich.

»Und wie kommt ihr zu der Wohnung von dem Minister?«

»Das war so«, sagte ich. »Erst hat er hier im Garten Rosen gezüchtet, dann mußte er sich in einem Kloster verstecken. Plötzlich war der Krieg aus, und da gaben sie ihm ein Amt.«

Edel kam mit dem Wasser, er goß uns zu. »Als er das Amt hatte, war ihm die Wohnung zu schäbig und die Hälfte der Einrichtung auch.«

»Da verstecke ich mich auch mal in einem Kloster!« rief Hai.

»Auf die Klöster, Kinder!«

»Du kommst nicht rein«, sagte Edel. »Du bist kein Christ!«

Wir leerten unsere Gläser bis zum Grund, dann begannen wir zu rauchen.

»Das mit dem Gebiß werde ich dir nie vergessen.« Edel blickte in sein Glas und begann zu starren.

»Kannst mal für mich beichten«, sagte Hai.

»Ich werde ohnehin eine ganze Masse zu beichten haben.«

»Zum Beispiel?«

»Das mit den Bildern«, sagte Edel. »Das wird als erstes gebeichtet.«

»Er verträgt keinen Alkohol«, sagte ich.

Hai blickte an die Wand. »Stammt das von ihm?«

»Würde es verleugnen«, antwortete Edel. »Wenn ich allein wäre.«

Hai sagte: »Aber es ist die letzte Möglichkeit, sich noch auszudrücken. Was willst du denn malen? Eine Kanone? Oder den lieben Gott, wie er auf einer Wolke steht?«

»Darunter ein Schlachtfeld«, sagte ich, »und sie tragen gerade ein paar mit Bauchschüssen weg.«

Edel goß sein Glas wieder voll. »Gesichter, richtige Gesichter!«

»Gibt es nicht.« Hai griff nach der Flasche. »Es gibt nur Masken. Sieh mich mal an«, sagte er.

»Jetzt nicht!« Ich nahm ihm die Flasche aus der Hand, goß unsere beiden Gläser voll und setzte sie wieder auf den Tisch. »Prost, auf die Masken!«

»Ohne Wasser?«

»Ohne Wasser!« befahl Hai.

Wir tranken jeder nur einen Schluck, dann sahen wir uns an. Die Gasflammen rauschten. Ein Sperling war aufs Fensterbrett geflogen. Der Himmel hatte eine bläuliche Färbung. Unmerklich begann es zu dämmern.

»Weil wir gerade von Masken reden«, sagte Hai. »Ich habe eine Sache vor. Das wird unser erster Fall.«

Edel hob sein Glas, trank noch einmal. Seine Hand fuhr über die Tischkante. Er strich die Decke gerade, obwohl keine Falten darin waren.

»Du willst uns also einspannen?« fragte ich.

»Sicher! Kommt nur darauf an, wann wir den Termin erfahren. Kann schon morgen sein oder in vier Wochen.«

»Lastwagen?« fragte Edel.

»Nein, wir machen was Größeres.«

»Und deine Leute?«

»Sind dafür zu ängstlich. Nur der Maschinist wird noch eingesetzt.«

»Wäre es nicht besser, wir sprächen ein anderes Mal darüber?« fragte ich.

Edel rief: »Laß ihn doch reden!«

»Nein«, sagte Hai. »Heute trinken wir. Auf Olga!« Er hob sein Glas. Edel hob sein Glas, und ich sah zu, wie sie anstießen.

Das Gas hatte die Luft in der Küche verbraucht. Als ich aufstand und zum Fenster ging, flog der Sperling davon. Hinter meinem Rücken öffneten sie die zweite Flasche. Es tat mir gut, daß ich am geöffneten Fenster stand. Mein Atem schwebte hinaus wie eine dünne Rauchsäule.

Unter den Kastanien schoben Kinder einen Handwagen voller Äste. Ihre Mäntel starrten vor Dreck, und sie hatten sich Tücher um die Köpfe gebunden. Aber es waren keine Mädchen, sondern Jungen. Der eine blickte herauf.

Edel wollte, daß ich das Fenster wieder schließe, deshalb trat ich zurück. Hai hatte mit seiner Geschichte begonnen: Von dem Tag an, als die Marine kapitulierte.

Mit Edel saß ich auf dem Sofa und hörte ihm zu. Wir begannen zu trinken. Die zweite Flasche Whisky und die erste Flasche Wein. Zwischendurch aßen wir ein bißchen, und dann tranken wir weiter. Etwas später erklärte ich Hai, was sich der Künstler bei der *Vergitterten Zukunft* gedacht habe, und Hai wollte es auswendig lernen, und dann tranken wir wieder.

Es wurde noch ein vergnügter Abend.

4

ALS ES HELL WURDE, war es der 15. November. Hai hatte sich um Mitternacht verabschiedet. Das Datum dieses Tages haftete in meinem Gedächtnis. Drei Jahre zuvor war ich etwa um die gleiche Stunde mit dem Fuß unter die Raupenkette eines Panzers geraten. Aber der Boden war so weich, daß ich mit dem Schrecken davonkam. Es ist das einzige Datum aus dem Krieg, das ich mir gemerkt habe.

Die Sprechstunde des Zahnarztes war zwischen neun und zwölf. Edel sollte um elf bei seinem Kaplan sein. Der Kaplan wollte dann eine Stunde lang einen guten Katholiken aus ihm machen. Ich ging mit.

Am Rondell bekamen wir gerade noch die Straßenbahn. Es war alles besetzt. An den Eingängen hingen sie wie Trauben. Wir stellten uns auf die Puffer zwischen ersten Waggon und Anhänger. Aus Erfahrung wußten wir, daß dies der sicherste Platz war. Wenn man sich außen an die Wagen hing, kam man leicht mit den amerikanischen Militärpolizisten in Konflikt. Ihre Fahrzeuge fuhren an der Straßenbahn entlang, und mit ihren weißen Holzknüppeln drohten sie den Leuten auf den Trittbrettern. Da man niemals genau wußte, ob nicht einer wirklich zuschlagen würde, sprangen viele dann ab, aber das war gefährlich. Einmal hatten wir gesehen, wie ein Mann aufs Pflaster fiel und dort liegenblieb, als sei er tot. Seitdem klammerten wir uns an die Stangen über den Puffern, zwischen dem ersten und zweiten Waggon. Die Militärpolizisten konnten in keinem Fall so nahe heranfahren, daß uns ihre Knüppel in der Lücke erreicht hätten, und bei einer Haltestelle stiegen wir einfach ab, natürlich nach der Seite, auf der sich keine Amerikaner befanden. Dadurch konnten sie uns auch nicht nachrennen. Kaum setzte sich der Straßenbahnzug in Bewegung, hingen wir wieder oben. Der Platz auf dem Puffer des letzten Waggons war auch nicht schlecht, aber während der Haltestelle nicht so sicher.

Heute fuhren wir die Strecke über den Steubenplatz, in das Trümmerfeld der Stadt. Es war neun Uhr. Der Ansturm der Leute, die eine Arbeit hatten, ging vorüber. Wer jetzt mit uns fuhr, dem kam es auf eine halbe Stunde nicht an.

Der Wind pfiff uns um die Ohren. Meine Finger waren klamm. Auf den Puffern wurde ich erst richtig wach. Am Bahnhof standen Militärpolizisten herum. Das Gewühl aus vollgestopften Straßenbahnen, Fußgängern und Militärfahrzeugen geriet hoffnungslos durcheinander, deshalb stiegen wir ab. Bis zu der Straße, in welcher der Zahnarzt wohnen sollte, war es nicht mehr weit. Hai hatte gestern abend noch die Adresse aufgeschrieben und dabei Edel erklärt: er brauche nur zu sagen, daß er von Herrn Stein komme.

Wieso Stein, das wollte uns Hai noch klarmachen, doch infolge des Whiskys vergaß er es. Schließlich war es uns auch egal.

Am Bahnhof stand ein Bagger. Einige Gefangene mit

weißen Armbinden räumten Trümmer beiseite, und Amerikaner mit Gewehren sahen ihnen zu. Sie aßen Kaugummi, und die Gefangenen legten gerade zwei Tote, die sie aus dem Schutt herausgeholt hatten, auf einen Wagen. Wir konnten nicht sehen, was es für Tote waren, denn man hatte sie in Decken gehüllt. Nur bei dem einen ragte der Fuß heraus. Er trug keinen Schuh mehr, und die Haut war vermodert. Edel meinte, das Pulver der Bomben müßte sie konserviert haben. Schließlich lagen sie schon länger als ein halbes Jahr unter den Trümmern.

Neben uns erklärte eine Stimme, man habe bis jetzt zwanzig Tote herausgeholt, und man erwarte noch eine ganze Masse.

Eine Frau mit einem langen Schal und grauen Haaren steckte einem von den Gefangenen etwas zu. Sie wollte wieder in der Menge verschwinden, aber der amerikanische Wachtposten ging ihr nach. Das bemerkte sie nicht. Als er ihr von hinten seinen Gewehrkolben zwischen die Beine hielt, fiel sie nach vorn wie eine Puppe. Sie lag ganz still. Der Amerikaner wurde rot. Er wartete, ob sie sich rührte. Es war niemand da, der sich an sie herantraute. Da gingen wir hin, um sie aufzuheben.

Es war eine alte Frau. Sie hatte Runzeln im Gesicht und begann zu weinen, als wir sie hochhoben. Ihre Füße versagten, und wir mußten sie auf eine zertrümmerte Mauer heben. Die Leute bildeten einen großen Kreis um uns, sie murmelten, aber niemand unternahm etwas. Wir ließen die Frau sitzen. Der Amerikaner sah uns nach und grinste, als ob er einen kleinen Spaß gemacht hätte, den niemand verstehen wollte.

Wir gingen nebeneinander über den Vorplatz des Bahnhofes und drängelten uns durch die Menschen. Ein Mann wollte uns Zigaretten verkaufen. Mindestens hundert Meter lief er neben uns her, dann kamen wir zu der Kreuzung, und da war auch die Straße, in welcher der Zahnarzt wohnen sollte.

»Hai ist ein prima Kerl«, sagte Edel.

Ich sagte: »Bestimmt.«

»Aber ich weiß gar nicht, ob ich das annehmen kann, Robert. Schließlich kann ich ihm das nie zurückzahlen.«

»Mach dir darüber keine Gedanken.«

Wir gingen auf der linken Seite der Straße. Die rechte bestand nur aus Ruinen. Jemand, der uns entgegenkam, fragte uns, ob wir Seife brauchten. Wir schüttelten die Köpfe. Edel fragte nach ein paar Schritten: »Sehen wir so dreckig aus, oder hält der uns für Großindustrielle?«

Die Häuser an der linken Seite waren fast alle ausgebrannt. Ihre Fassaden standen entlang der Straße wie Kulissen. Fensterscheiben gab es nicht. Wo noch jemand wohnte, waren die Öffnungen mit Brettern vernagelt. In die anderen konnte es hineinregnen. Nach einer Weile fing Edel wieder an. Er sagte: »Hai möchte, daß wir mitmachen.«

Ich schwieg.

»Was meinst du, Robert?«

»Ich denke, das wird sich finden.«

»Es ist nur ...«, sagte Edel, aber weiter sprach er nichts.

Wir hatten das Haus des Zahnarztes erreicht.

Der Flur war mit grünen Fliesen ausgelegt. In die Fliesen an der Wand hatten Bombensplitter zahllose Löcher geschlagen, über den Fliesen war die Mauer gekalkt. Der Kalk hatte sich grau verfärbt, und auf dem schmutzigdunklen Hintergrund stand in heller Schrift: Nicht auf den Boden spucken!

»Schau an«, sagte Edel. »Hier wohnen witzige Leute.«

Wir stiegen die Treppe hinauf. Über jedem Absatz war ein Fenster. Das Glas fehlte, und die Flügel hatte man ausgehängt. Im Treppenhaus war es kälter als auf der Straße. Das kam von der Zugluft zwischen den Fenstern. Die Wohnung des Zahnarztes befand sich im dritten Stock. Von der Eingangstür war die Farbe abgeblättert, und als wir davorstanden, sagte Edel plötzlich: »Jetzt ist es immer noch Zeit, umzukehren.«

»Warum?«

»Ach, nur so.«

Die Tür hatte man angelehnt. Da es keine Klingel gab, überlegten wir erst eine Weile, ob es richtig sei, einfach hineinzugehen. Dann entschlossen wir uns für das Hineingehen und standen in einem dunklen Gang. An einer Tür stand »*Privat*« und an der anderen »*Wartezimmer*«. Im Wartezimmer saßen Männer und Frauen auf Bänken, es waren mindestens zwanzig. Sie blickten alle auf und betrachteten uns.

»Oh«, sagte ich, »das kann lange dauern.«

»Wenn es so lange dauert«, sagte Edel, »kann ich nicht warten. Du weißt, wo ich hin muß.«

»Aber das kann man doch verschieben!«

»Nein, Robert. Am besten, wir gehen gleich.«

»Jetzt warten wir erst mal.«

An der Wand, zwischen zwei Frauen, saß ein kleiner

Junge. Er hatte ein Wolltuch um seinen Kopf gewickelt und schluchzte fast lautlos. Die Tränen rannen über seine Backe und verschwanden in dem Tuch.

»Ist ein tapferes Kerlchen«, erklärte ein Mann quer durch das Zimmer.

Die jüngere Frau neben dem Jungen sagte: »Wir kommen sicher erst in zwei Stunden dran, so lange muß er es aushalten.«

»Komm, wir gehen«, flüsterte Edel.

Eine graue Tür öffnete sich. Ein Mann im weißen Mantel kam herein. Er sah die Leute auf den Bänken der Reihe nach an. Eine Frau wollte aufstehen, da sah er uns. Er blickte auf Edels Mund und fragte: »Sie sind vom Herrn Stein?«

»Ja.«

»Dann kommen Sie bitte!«

Der Arzt wandte sich an die Leute. »Es tut mir leid, der Herr ist angemeldet.«

Alle Gesichter blickten auf. Ich gab Edel einen sanften Stoß. »Nehmen Sie bitte erst das Kind dran«, sagte Edel. »Der Kleine hat Schmerzen.«

»Aber!«

»Erst das Kind«, sagte Edel.

»Also gut. Bitte!« sagte der Arzt und drehte sich zu dem Jungen. Die Frau stand auf, nahm ihr Kind und verschwand mit ihm durch die Tür. Dabei sagte sie mindestens dreimal *Danke*.

»Setzen wir uns.«

Wir setzten uns in die Lücke, die an der Wand entstanden war. Alle blickten uns an.

»Darf man hier rauchen?« fragte ich. Es gab niemand eine Antwort. Ich zog eine Packung amerikanische Zigaretten hervor, und wir rauchten beide. Die Packung war neu gewesen. Ich hatte sie aufreißen müssen. Meine Zigarette stopfte ich in die Pfeife. Ein Mann mir gegenüber sagte: »Sie sind also bestellt und kommen sofort dran?«

»Ja.«

Der Mann lachte gekünstelt. »Das kennt man.«

Gemurmel entstand, die Leute rückten unruhig auf ihren Plätzen.

»Ich bin schon seit früh um sieben hier«, sagte der Mann. Er trug eine grüne Jacke. Zwischen seinen Beinen stand ein Rucksack.

»Hätten sich eben anmelden sollen«, sagte Edel.

»Mit was denn?«

»Mit Ihrem Rucksack«, sagte Edel.

Eine Frau lachte, und dann redeten sie durcheinander. Der Mann versicherte seinen Nachbarn, daß er nichts in seinem Rucksack habe. Aber der Rucksack war voll, und der Nachbar wollte es nicht glauben. Edel flüsterte: »Wollen wir nicht doch lieber gehen?«

»Bist du nicht bei Sinnen?«

»Robert, verstehst du mich nicht?«

»Nein«, sagte ich. »Verstehe wirklich nicht.«

Mit dem Gerede der Leute verging die Zeit, bis der Zahnarzt wieder die Tür öffnete. Edel zögerte noch, aber ich zog ihn mit.

»Also Sie sind der Herr mit dem Gebiß«, sagte der Arzt. Er wandte sich an mich. »Und Sie haben auch Schmerzen?«

»Nein, mir fehlt nichts.«

Edel mußte sich auf den Stuhl setzen, ich bekam einen Platz neben einem Glasschrank. Dann sah der Arzt in Edels Mund.

»Nanu«, sagte er. »Da sind ja noch vier Wurzeln drin. Wie gibt es das?«

»Ich bin hingefallen.«

»Muß aber ein merkwürdiger Sturz gewesen sein.«

»War es auch«, sagte Edel.

Der Arzt erklärte, er müsse erst die Wurzeln entfernen, bevor er einen Abdruck mache. Er machte sich daran, Edel den Rest seiner Zähne zu ziehen. Das Zimmer war mäßig geheizt. Ich saß zwischen Instrumententisch und Fenster. Das Licht fiel auf die Glasplatte. Auf der Platte lag eine dünne Staubschicht.

»Das Finanzielle hat Herr Stein mit Ihnen geregelt?« fragte ich.

»Jaja! Es ist alles in Ordnung«, antwortete der Arzt. Unter dem weißen Mantel trug er Offiziersstiefel.

»Wir legen besonderen Wert auf Reinlichkeit.«

»Das ist doch selbstverständlich!« Der Arzt blickte einen Moment auf, dann ging er zu einem Schreibtisch und brachte mir eine Zeitung. »Etwas Lektüre? Damit es Ihnen nicht langweilig wird.«

»Schönen Dank.«

»Mein Freund liest gern.« Edel drehte sich um und sah auf mich.

»Sie müssen den Mund offenhalten«, sagte der Arzt. »Wenn ich bitten darf.«

Edel wandte sich wieder ab. Er saß mit dem Gesicht

zum Fenster und hielt seinen Kiefer dem Himmel entgegen.

»Wenn es weh tut, dann schreie«, sagte ich.

Es war eine Schweizer Zeitung, die mir der Arzt gegeben hatte. Auf der ersten Seite las ich einen Artikel über Menschlichkeit. Aber das Ganze handelte nur von Dichtung und hohen Idealen, und der Verfasser war sehr erzieherisch. Diese Art von Dichtung kam mir verdächtig vor. Auf der letzten Seite wollte jemand Mehl »nur waggonweise« verkaufen, das gefiel mir besser. Als Edel mit seinen vier Wurzeln fertig war, hatte ich die Zeitung auch hinter mir. Edel stand auf, und der Arzt sagte: »Kommen Sie heute in einer Woche, dann machen wir den Abdruck.«

»Was kostet das?«

»Der Abdruck ist selbstverständlich im Gesamtpreis inbegriffen.«

»Nein«, sagte Edel. »Ich meine die vier Wurzeln.«

»Auch das gehört dazu.«

»Ich möchte das lieber zahlen.«

Der Arzt erklärte: »Aber mein Herr, ich habe doch schon eine ganze Kiste Zigaretten in Empfang genommen. Machen Sie mir bitte keine Schwierigkeiten mit Stein.«

Edel hob die Schultern, wir verabschiedeten uns und stiegen die Treppen hinunter. Auf dem letzten Absatz sagte Edel: »Jetzt kann ich also nicht mehr aus.«

»Nein, warum auch?«

»Du verstehst das wohl nicht, Robert?«

»Du bist zu feinfühlig«, sagte ich.

Wir liefen die Straße auf der linken Seite wieder zurück.

Ein Krüppel ohne Beine hatte sich aus vier kleinen Rädern eine rollende Pritsche gebaut. Damit fuhr er an uns vorüber. Er war jünger als wir, und ich blickte auf ihn herab wie auf ein Kind. In der rechten Hand hielt er eine Mütze, die reckte er uns entgegen.

»Gib ihm nichts«, sagte ich. Aber Edel hatte ihm schon eine Packung Zigaretten hineingeworfen. Die Pritsche rollte weiter. Der Krüppel trug auf seinem Rücken einen Sack. Der Sack war schon voll.

»Die bekommen genug von Frauen«, sagte ich.

Edel antwortete: »Kann ich mir nicht vorstellen.«

»Natürlich, zeigen ihre kaputten Knochen und stoßen sich mit anderer Leute Mitleid gesund.«

»Mein Gott«, sagte Edel. »Die Beine kann er sich davon nicht kaufen.«

Wir erreichten den Bahnhofsvorplatz. Der Bagger war unermüdlich in Betrieb. Zu dem Lastwagen, auf den sie die Toten verluden, konnte man vor Menschen nicht mehr hinsehen. Dort, wo wir die alte Frau auf die Mauer gesetzt hatten, buddelten jetzt die Gefangenen. Zwei amerikanische Offiziere hielten Fotoapparate vor die Gesichter und nahmen die Ruinen auf. Im Vorbeigehen hörten wir, wie sie sich unterhielten. Der eine sagte, er wolle noch mal die Toten alle auf einem Haufen fotografieren.

Edel fragte mich, ob ich mit zu seinem Kaplan wolle, ich stimmte zu, und so paßten wir eine Straßenbahn ab. Beim Aufspringen stritten wir uns mit ein paar Burschen, die auch auf die Puffer zwischen ersten und zweiten Waggon wollten. Durch die Stadt fuhren wir über den Sendlinger-Tor-Platz und über die Isarbrücke, bis wir die Kirche erreicht hatten. Die Kirche stand auf einem freien Platz. Ihre beiden Flügel waren ausgebrannt, das Mittelschiff eingestürzt, aber an der Seite erhob sich noch eine kleine Sakristei.

»Darin ist es«, erklärte Edel. »Ich habe ganz allein Unterricht. Ob er dich zuhören läßt, weiß ich nicht.«

»Wenn er nicht will, warte ich draußen.«

Wir gingen über den mit Schutt bedeckten Platz auf die Sakristei zu. Granathülsen lagen am Boden.

An der Tür klopfte Edel, aber es rührte sich niemand, und wir gingen hinein. Der Raum war mit den Sachen, die man aus dem Mittelschiff gerettet hatte, eingerichtet. Eigentlich gab es hier nirgends Platz zum Warten. Zwischen Kisten und Schränken standen Heiligenfiguren. Jede war so groß wie ich.

»Wie gefällt es dir, Robert?«

»Wunderschön!«

Eine Stimme hinter uns sagte: »Darf ich fragen, was die Herren wünschen?«

Wir drehten uns um, vor uns stand der Pfarrer. Er war kleiner als wir. Haare besaß er nicht, aber schöne rote Bäckchen.

»Wir suchen den Herrn Kaplan«, sagte Edel. »Ich bekomme bei ihm Unterricht.«

»Ach ja! Jetzt erkenne ich Sie«, antwortete der Pfarrer. »Sie müssen wissen, daß wir jetzt fast vierhundert erwachsene Schüler haben. Die Namen kann ich mir nicht merken, aber von jedem weiß ich ein bißchen was.« Während er sprach, hatte er Edel angesehen, nun blickte er auf mich. »Und Sie sind sicher ein neuer Anwärter?«

»Nein, ich bin bloß mit.«

»Sind Sie Katholik?«

»Ich glaube nicht an Gott.«

Der Pfarrer sagte: »Ich dachte, Sie wollten mir ein Erlebnis erzählen, das Sie bewogen hat, unseren Glauben anzunehmen.«

»Ich bin noch nie wo eingetreten.« Der Pfarrer lächelte. »So viele Wunder, wie ich in der letzten Zeit erlebt habe, gibt es in der ganzen Bibel nicht.«

»Kann ich mir vorstellen.«

Edel trat mir behutsam auf den Fuß. »Ist der Herr Kaplan nicht da?« fragte er.

»Nein.«

»Das ist schade.«

»Er ist aufs Land gefahren.«

Ich fragte: »Ist die Gemeinde so groß, daß er auch aufs Land fahren muß?«

»Nein, aber Hunger haben wir auch.«

Jetzt gefiel mir der Pfarrer besser. Er lächelte wieder.

»Ja, dann muß ich nächste Woche wiederkommen«, sagte Edel.

»Bitte«, antwortete der Pfarrer. »Und bringen Sie Ihren Freund wieder mit! Wenn er auch nicht will.«

»Ich werde es versuchen.«

»Grüß Gott, Herr Pfarrer«, sagte ich.

Als wir draußen über den Platz gingen, fragte ich: »Hast du auch etwas von einem tiefgehenden Erlebnis erzählt?«

»Ja.«

»Was denn?«

»Mir ist ein Engel im Traum erschienen, der hat mir erklärt, daß ich auf dem falschen Weg bin.«

»Was Besseres ist dir wohl nicht eingefallen?«

»Ich habe doch keine Erfahrung in solchen Dingen. Außerdem können sie mir ja doch nicht helfen.«

»Vielleicht doch.«

Edel sagte nichts mehr.

Es war Mittag geworden, und die Sonne brach durch die Wolken.

Kinder schleppten zerweichte Kartons nach Hause. Sie kamen zu dritt, liefen in einer Reihe und hielten sie krampfhaft unterm Arm wie eine Kostbarkeit. An uns ging eine Frau vorüber, die redete mit sich selbst. An der Haltestelle stand kein Mensch, und die Straßenbahn war fast leer.

Eine halbe Stunde später kamen wir nach Hause. In unserem Briefkasten fanden wir einen Zettel: *Morgen neun Uhr Autobahnschleuse.* Es war Hais Handschrift. Edel las ihn.

»Die Rechnung für meine Zähne«, sagte er.

5

ALS WIR IN DIE KÜCHE TRATEN, fragte Edel: »Was willst du denn hier?«

Olga hockte auf dem Sofa. Sie stopfte ein paar Strümpfe. Sie trug einen roten Pullover. Er war ziemlich eng, und der Rock reichte nicht einmal bis zum Knie. Und an der Seite hatte er auch noch einen Schlitz.

»Du hast uns gerade noch gefehlt«, sagte ich.

»Hai hat mich mit einem Zettel hergeschickt«, antwortete Olga. »Habt ihr ihn gefunden?«

»Warum steckst du ihn in den Briefkasten, wenn du in der Wohnung bist?«

Edel fragte: »Überhaupt, wie kommst du hier herein?«

»Erst wollte ich nicht.« Olga hob die Schultern. »Deswegen habe ich den Zettel unten reingeschoben. Dann sah ich, daß das Schlafzimmerfenster offenstand. Da bin ich am Spalier hochgeklettert.«

»An dem Spalier hochklettern ist keine Leistung!«

»Ich habe euch was gekocht«, antwortete Olga. »Mir scheint, ihr habt gestern ganz schön gefeiert?«

»Ja, das haben wir.«

Ich fragte: »Weißt du etwas von Hais Geschäften?«

»Gar nichts. Ich sollte euch den Zettel bringen. Das ist alles.«

Olga stand auf, räumte das Nähzeug zusammen, schritt zum Küchenschrank und holte zwei Teller. Ich ging ihr nach und nahm einen dritten heraus. Edel sah mir zu, wie ich den Teller auf den Tisch stellte. Er rieb seine klammen Hände und sagte nichts.

»Ziemlich kalt draußen.«

Olga sagte: »Wollt ihr eigentlich den ganzen Winter über mit Gas heizen? Das kostet euch eine Menge. Außerdem werden sie's euch wegen Überverbrauch abdrehen.«

»Hör mal, Edel«, sagte ich. »Wenn wir die Gasuhr abschrauben und wieder verkehrt aufsetzen, dann müßte sie doch eigentlich rückwärts laufen?«

»Wenn das mit dem Abschrauben geht, bestimmt.«

»Da müßt ihr aber aufpassen«, sagte Olga, »daß nicht gerade der Ableser kommt, wenn der Zähler rückwärts läuft.« Sie brachte vom Herd einen Topf mit Bohnen herüber. Der Geruch zog in unsere Nasen. Zwei von den amerikanischen Büchsen standen geöffnet am Fenster. Aber in den Bohnen waren auch noch Kartoffeln, und ich wußte genau, daß wir keine Kartoffeln mehr hatten. Olga setzte sich an die Stirnseite des Tisches. Edel und ich hockten uns aufs Sofa, dann begannen wir zu essen.

»Geht's, Edel?« fragte ich.

»Wenn ich langsam mache, schon.« Er verzog seine Oberlippe, schob das Kinn hin und her, dann wandte er sich an Olga: »Habe ich für morgen saubere Unterwäsche, ein frisches Hemd und Socken?«

»Ich denke.« Olga sah mich fragend an, aber ich aß weiter. Ich tat, als habe ich nichts bemerkt. Eine Fliege setzte sich auf meinen Teller. Dann flog sie zu Edel und zum Schluß zu Olga.

»Die will auf keinen Fall verhungern.«

»Sicher«, sagte Olga. »Ich kann das verstehen.«

»Aber manchmal ist es ehrenhafter«, antwortete Edel, »auf anständige Weise zu verhungern.«

»Lieber im Abfall leben, als unbefleckt zugrunde gehen.«

»Wollt ihr mir das Essen verderben?« fragte ich.

»Anderes Thema, Olga.«

»Hat euch der Wein gestern geschmeckt?«

Edel sagte: »Sehr gut. Und wir danken dir auch!«

»Hauptsache, daß es nett war.« Olga stand auf und wollte zum Herd.

»Bleib doch sitzen«, sagte Edel. »Was brauchst du denn?«

»Etwas Salz.«

»Hole ich!« Edel stand auf. Er schritt zum Herd. Als er zurückkam, fragte er: »Nimmst du dir selbst? Oder soll ich dir geben, Olga?«

»Gib mir bitte.«

Olga sah Edel an, während er das Salz über ihren Teller verteilte. Mir fiel plötzlich auf, daß ihre Augen glänzten. Auch ihr Gesicht war verändert.

»Danke!« sagte sie. Sie blickte mich an. Ein Lächeln stand auf ihrem Gesicht. Als sie bemerkte, daß ich sie beobachtet hatte, stieg ihr das Blut zu Kopf.

Es war das erstemal, daß sie rot wurde, und es stand ihr gut.

»Was macht eigentlich deine Mutter?« fragte ich.

»Waschen, für amerikanische Soldaten. Als mein Vater starb, bekam sie eine Rente. Seit der Krieg verloren ist, gibt es nichts mehr.«

»Deswegen seid ihr Doppelverdiener geworden«, sagte Edel.

»Ja.«

»Für das andere Geschäft ist wohl deine Mutter schon zu alt?«

»Wie meinst du das?« Olga legte ihren erhobenen Löffel wieder in den Teller, daß es klirrte.

»Kann deine Mutter nicht im Büro arbeiten?« Edel sah mich an. »Weißt du, ich hatte keine Ahnung, daß deine Freundin so empfindlich ist.« Er aß gleichmütig weiter.

Olga starrte auf den Tisch und berührte nichts mehr. Der Glanz aus ihren Augen war verschwunden. Das Klappern unserer Löffel blieb das einzige Geräusch.

»Ich lege mich ins Schlafzimmer«, sagte Edel und stand auf. Wir sahen ihm beide nicht nach, als er hinausging. Olga begann, die Teller zusammenzustellen, und ich legte mich zurück auf das Sofa. Es war hart. Die Bretter unter den Decken federten ein wenig. Es nützte nichts. Ich blickte zur Decke. Olga räumte auf. Von oben hing ein Spinnfaden herunter. Immer wenn Olga eine stärkere Bewegung machte, schwebte er zur Seite.

Ein großer Wasserfleck war über meinem Kopf. Die Ränder wirkten wie das Gebirge auf einer Landkarte. Es erinnerte mich an meine Schulzeit. In der Mitte hatte sich der Kalk gelöst. Es war ein Fleck, der genau wie ein Pferd aussah.

Olga fragte: »Was denkst du jetzt?«
»Nichts.«
»Man denkt immer etwas. Besonders, wenn man vor sich hinstarrt.«
»Starre ich?«
»Ja.«
»Habe ich gar nicht bemerkt!«
»Was hast du gedacht, Rob?«
»Gestern lag Davis hier auf diesem Sofa.«
»Warum fangt ihr immer davon an?«
»Bei Edel ist es nur Ärger.«
»Und bei dir, Rob?«
»Ich komme nicht darüber hinweg.«
Olga sagte: »Aber du hast mich angestiftet.«
»Ich würde mich von niemandem anstiften lassen.«
»Dafür bin ich auch nur ein Tier«, sagte Olga.
»Keiner ist ein Tier.«
»Aber ihr behandelt mich so.«
»Ich auch?«
»Nein. Du nicht.« Ich hörte, daß sie durch die Küche lief, dann blieb sie hinter meinem Kopf stehen.
»Was tust du da?«
»Nichts.«
Ich sagte: »Dann geh bitte weg.«
Ihre Absätze klappten wieder über den Boden. Nachdem sie eine Weile am Herd hantiert hatte, wusch sie sich die Hände.
»Darf ich mich neben dich legen, Rob?«
»Wenn du ruhig bist, ja.«
Sie kam vom Ausguß, schritt um den Tisch herum und

drängelte sich am Sofa entlang. Ich war etwas zur Seite gerückt. Als sie sich aufs Sofa kniete, spreizte sie ihre Beine so auseinander, daß der Rock zurückrutschte. Ich sah das Ende ihrer Strümpfe und noch mehr.

»Leg dich bitte hin«, sagte ich. »Und zieh deinen Rock wieder herunter.«

»Ja doch.« Sie gehorchte unwillig. Sie streckte sich neben mir aus. Zwischen uns war ein kleiner Raum. Wir blickten zur Decke.

Ich fragte: »Warum machst du das?«

»Was?«

»Das mit dem Rock.«

»Wenn ich etwas Besseres wüßte, Rob, würde ich es nicht tun.« Die Flammen vom Gasherd zischten. Draußen begann es zu regnen. Die Tropfen klatschten aufs Fensterbrett.

»Stell dir vor«, sagte sie, »wir würden uns irgendwo zum erstenmal begegnen. Du wüßtest nichts von mir. Was wäre dann?«

»Sicher würden wir uns verlieben?« sagte ich.

»Weiter.«

»Eines Tages, nach dem Kino, gingen wir in ein Café. Ich würde zwei Ringe aus der Tasche ziehen und dabei rot werden.«

»Was würdest du sagen, Rob?«

»Nichts.«

»Ich auch nicht, Rob. Vielleicht würde ich ein bißchen weinen.«

»Findest du es traurig?«

»Nein, vor Glück, Rob. Bitte, sprich so weiter.«

»Wir würden uns eine Wohnung suchen. Jeden Abend würden wir so wie jetzt nebeneinanderliegen.«
»Wir wären sehr glücklich, Rob.«
Ich sagte: »Bestimmt, das wären wir.«
»Aber immer könnten wir nicht allein bleiben, Rob.«
»Nein, nach ein paar Jahren würde jemand zwischen uns liegen.«
»Rob, möchtest du lieber einen Jungen oder ein Mädchen?«
»Ein Mädchen«, sagte ich.
»Warum?«
»Manchmal haben es die leichter.«
»Ich möchte trotzdem lieber einen Jungen, Rob.«
»Warum?«
»Wenn du mal nicht da wärest, brauchte ich ihn nur ansehen.«
»Wir würden uns nie streiten«, sagte ich.
»Nein, streiten würden wir uns nie, Rob.«
Der Regen wurde stärker. Auf dem Fensterbrett trommelte ein Wirbel. Er übertönte das Zischen der Gasflammen.
»Ach, Rob. Warum kann es nicht so sein?«
»Für uns gibt es keine Märchen.«
»Wir sind um die Märchen betrogen worden, Rob.«
Olga richtete sich plötzlich auf. Sie schob ihre Beine vom Sofa. »Ich will jetzt gehen.«
»Aber es regnet!«
»Trotzdem. Ich will gehen. Ich halte es nicht mehr aus!«

»Du glaubst doch nicht, daß das Ernst war?« fragte ich.
»Glaubst du das?«

Olga rückte den Tisch zur Seite und stellte sich mit dem Rücken zu mir. »Läßt du mich unten raus?«

Olga schritt zur Tür. Sie trat in den Gang und zog ihren Mantel an. Um das Haar wickelte sie ein Tuch. Außerdem hatte sie einen Schirm mit. Wir gingen über das Podest vor der Tür von Frau Wotjek und stiegen hinab zum Ausgang. Ich schloß auf. Olga stand im Schatten, mit dem Gesicht zur Wand.

»Ich danke dir, Rob.«

»Wofür?«

»Du weißt schon.«

Der Regen schlug durch den Spalt, den ich geöffnet hatte. Olga drängelte sich hindurch.

»Mach schnell zu, Rob!«

Sie sprang die Stufen hinunter. Ein wenig wandte sie ihr Gesicht zur Seite. Über ihre Wange rannen bereits ein paar Tropfen.

»Weinst du, Olga?!« rief ich.

Olga drehte sich nicht um. Sie verschwand im Regen.

Ich schloß langsam die Tür, und meine Hand lag einige Zeit auf der Klinke. Ich horchte nach draußen, und als sich nichts rührte, schritt ich Stufe um Stufe hinauf ins Treppenhaus. Da trommelte es plötzlich gegen die Tür. Mit einem Sprung war ich wieder unten. Doch als ich die Tür aufriß, war es nicht Olga, sondern ein Mann. Er war vom Regen naß und wirkte groß und zerlumpt. Sein Mantel war zerrissen, und an den Schuhen klafften die Sohlen auseinander.

»Entschuldigen Sie«, fragte er, »wohnt hier Frau Wotjek?«

»Ja.«

»Kann ich sie sprechen?«

»In welcher Angelegenheit?« fragte ich.

»Wegen ihres Sohnes.«

Ich sagte: »Bitte, treten Sie ein!«

Er ging vor mir die Stufen hinauf, auf dem Podest blieb er stehen und betrachtete die Wände. Er war schlecht rasiert, und das Haar wuchs ihm in den Kragen. Er trug eine russische Pelzmütze.

»Darf ich fragen, um was es sich handelt? Frau Wotjek mit einer schlechten Nachricht überfallen – das geht nicht«, sagte ich.

»Aber nein«, er lächelte einschmeichelnd. »Ich bringe gute Nachricht.«

»Dann kommen Sie bitte mit!«

Ich wies auf die Treppe zu unserer Wohnung. Er stieg wieder voraus. Wo er gestanden hatte, ließ er auf dem Boden zwei nasse Flecke zurück. Ein paarmal drehte er sich um, ob ich ihm auch folgte. Oben auf dem Gang blieb er stehen. An seiner rechten Hand trug er einen der eisernen Ringe, wie sie die Gefangenen aus Nägeln machten. Es war keine besondere Arbeit. Nur ein glatter Reifen. Die Tür zum Atelier stand offen. Er sah hinein. Regen hieb auf den Boden wie ein Hagelschauer.

»Edel!« rief ich. »Edel, komm doch mal raus!«

Der Mann fragte: »Wohnt Frau Wotjek hier?« Seinem Gesicht sah ich an, daß es ihm nicht behaglich war. Edel brauchte einige Zeit, bis er erschien. Als er in der

Tür stand, sah er verschlafen aus, und außerdem war er naß.

»Eine Botschaft von Erich Wotjek«, erklärte ich. »Die erste, seit er auf der Krim vermißt wurde.«

Der Mann sagte prompt: »Ja, ich komme von der Krim.«

»Aus Gefangenschaft?« fragte ich.

»Ich bin auf der Durchfahrt und suche meine Angehörigen. Ich hielt es für meine Pflicht, Frau Wotjek aufzusuchen.«

»Lebt er?« fragte ich.

»Wer?«

»Erich Wotjek?«

»Ja!« Der Mann blickte sich im Gang suchend um. »Aber ich hätte doch lieber mit Frau Wotjek selbst gesprochen.«

Edel sagte: »Ich bin der Vetter!«

»Trotzdem.« Der Mann sah mich an. »Sie werden doch verstehen?«

»Nein, wir verstehen nichts«, antwortete ich.

Edel trat einen Schritt auf ihn zu und befahl: »Nun erzählen Sie!«

»Erst, wenn ich mit Frau Wotjek gesprochen habe.«

»Na«, sagte Edel. »Das kannst du dir sparen. Wir hören dir nämlich auch gern zu.« Edels Stimme klang zynisch, und der Mann bemerkte es. Er wollte zur Treppe.

Ich stellte mich vor ihm auf und versperrte ihm den Weg.

Hinter seinem Rücken sagte Edel: »Wotjek ist tot. Das wissen wir. Auf dich haben wir gerade gewartet!« Er griff dem Mann nach der Schulter. Der Mann drehte sich unwillkürlich um, da schlug Edel zu. Mit der flachen Hand hieb er ihn auf die Backe. Der Mann hielt sich sofort beide Hände vors Gesicht. Sein Atem keuchte. Ich machte einen Schritt zur Seite.

Edel fragte: »Du willst ihn doch nicht schon gehen lassen?«

Ich schüttelte den Kopf. »Laß nur!«

Der Mann hatte bemerkt, daß der Weg zur Treppe frei war. Er sprang an mir vorüber und die Stufen hinunter. Edel sah mich an. »Na?« fragte er.

»Die Tür ist doch verschlossen«, sagte ich. »Komm!«

Wir stiegen die Treppe hinab. Unten hörten wir die Schritte des Mannes. Wir waren noch nicht an der Wohnungstür, da kam er bereits vom Ausgang zurück. Er verschwand mit einem Satz in der Stiege zum Keller. Unten hörten wir ihn an ein paar Türen rütteln, dann hatte er die Garage gefunden.

Wir liefen durch den Kellergang. Er war feucht und dunkel. Als wir in die Garagentür traten, versuchte es der Mann noch mit der Ausfahrt. Er wollte die Blechwand hochklappen. Daß man dazu die Eisenstangen herausziehen mußte, merkte er nicht. Zwischen ihm und uns lag der kahle Betonboden. Eine harte Fläche. Er drehte sich schnell um und starrte uns an. In seinen Augen sah ich Angst. Wir schritten langsam auf ihn zu, und er preßte sich mit dem Rücken gegen das Blech.

»Fang du an, Edel«, sagte ich.

»Es ist bereits der zweite Schlag, Rob. Der gehört dir!«

Als ich meine Hand hob, machte der Mann einen Sprung

nach vorn. An uns vorbei rannte er zur Kellertür und verschwand. Draußen hörten wir ihn keuchen. Seine Tritte trampelten über die Treppe. Als er oben war, rüttelte er wieder an der Tür zum Ausgang.

»Laß ihn raus«, sagte Edel. »Wenn er fort ist, kommt man nicht mehr in Versuchung.«

Durch den Kellergang stieg ich die Treppe hinauf. Oben neben der Tür stand der Mann, hielt die Hände über seinen Kopf und wartete. Ich schloß auf und stieß ihn hinunter. Unten stürzte er auf den Kies. Durch das Guckloch in der Tür sah ich, wie er aufstand, sein Knie hielt und davonhumpelte.

Als ich mich umdrehte, stand Edel auf dem Podest vor Frau Wotjeks Wohnung und sagte: »Der hat aber Pech gehabt!«

»Das wird er jetzt auch denken!«

»Möchte wissen, wo der das her weiß?«

»Der«, sagte Edel, »hat was in der Nachbarschaft gehört und dann einfach sein Glück versucht. Wollte der Wotjek ein Märchen erzählen und ihr was abbetteln.«

Wir stiegen wieder die Treppe zur Wohnung hinauf. Auf den Stufen lag die Pelzmütze, ihr Rand war schweißig. Edel stieß sie mit dem Fuß beiseite. »Solange wir da sind«, sagte er, »gehen solche Sachen gut ab. Aber was ist später?«

»Sollen wir's ihr erzählen?«

»Dazu ist es zu spät, Robert.«

»Man kann doch einer Mutter nicht für immer verheimlichen, daß ihr Sohn tot ist.«

Edel blieb vor dem Spiegel im Gang stehen und betrachtete sein Gesicht. Er öffnete den Mund, um nach den Lücken im Zahnfleisch zu sehen.

Ich sagte: »Es ist schrecklich für sie.«

»Was willst du?« Edel wandte sich um. »Schließlich lebt sie nur von der Hoffnung. Erzähl ihr, daß er tot ist, und sie stirbt!«

»Vielleicht ist es dann besser für sie?«

»Darüber muß ich mal mit meinem Kaplan reden.«

»Was versteht der davon?«

»Weißt du, Robert, alles verstehen wir auch nicht.«

»Ich verstehe alles!«

»Na, dann erzähle es ihr«, sagte Edel.

6

ES WAR AM ANDEREN TAG gegen halb neun. Edel lief vor mir. Wir waren auf dem Weg zur Autobahnschleuse. In der Nacht hatte ich von dem Mann in der Garage geträumt.

Wir wateten durch Pfützen. Das Band der Autobahn lief wie eine breite Mauer durch die Felder. Der Wind hatte alles glattgefegt.

Ein Junge hatte sich bei uns gemeldet und nach der Wotjek gefragt, und Edel und ich waren zusammen drei Jahre älter als er, und seine linke Hand war amputiert, und er zeigte uns ein aufgeweichtes Bild von Wotjek in Uniform mit seiner Mutter. Sie hatte den Arm um ihn gelegt, und er lächelte sie an, und das gleiche Bild hing in dem Zimmer unter unserer Küche an der Wand, in einem goldenen Rahmen, und unter dem Bild steckte noch ein Nagel in der Mauer, und an dem Nagel baumelten ein paar kleine Schuhe, deren Absätze er schiefgetreten hatte, denn es waren seine ersten Schuhe, und daß er jetzt tot war, mußten wir dem Jungen glauben.

Sie waren zusammen in einem Lager bei Prodwano gewesen, ein Ort, den es auf keiner Landkarte gab. Dort hielten sie es aus, bis die Russen siegten. Danach wurden die kranken Gefangenen nach Hause geschickt. Dem Jungen fehlte die linke Hand. Sie kamen bis zur Demarkationslinie. Die beiden schwammen durch die Elbe, auf der anderen Seite schoß man auf sie, und Wotjek bekam etwas ab. Er konnte sich noch bis ans Ufer schleppen. Das Bild zog der Junge dem Toten aus den Kleidern. Wotjek hatte ihm seine Adresse gesagt, aber er wußte sie nicht mehr genau. Einen Tag war der Junge in der Stadt herumgelaufen, bis er unsere Wohnung gefunden hatte. Wir erklärten ihm gleich, daß diese Nachricht für die Wotjek das Ende bedeutete. Deshalb sagten wir ihr nichts. Den Jungen wollten wir bei uns behalten, aber er mußte zu einem Mädchen, mit dem er verlobt war. Später kam er wieder vorbei. Er sprach kein Wort mehr von dem Mädchen, und bei uns bleiben wollte er erst recht nicht.

Während wir durch die Pfützen wateten, dachte ich darüber nach. Ob wir es richtig gemacht hatten, wußte ich nicht.

Bis zur Schleuse waren es noch einige hundert Meter. Edel blieb stehen, dann schritt er an meiner Seite weiter. Die Pfützen hatten aufgehört. So weit wir sehen konnten, zeigte sich auf der ganzen Autobahn kein Fahrzeug.

»Mir ist so merkwürdig zumute«, sagte Edel.

»Bist du krank?«

»Nein, ich habe Angst, Robert.«

»Du bist seltsam.«

»Mir ist es schon mal so gegangen.« Edel blickte mich an. »Es war kurz vor einem Angriff. Eine ganze Gruppe wartete auf mich, daß ich aus dem Graben steige. Links und rechts von mir standen sie und starrten mich an, und ich konnte mich nicht rühren. Bis ein Feldwebel schrie:

›Los, mir nach, Leute!‹ Da bin ich dann raus. Der Feldwebel ist gefallen, und ich dachte eine ganze Zeit, das wäre meine Schuld gewesen.«

»Geh nach Hause! Ich erkläre Hai, daß du krank bist.«

»Das geht doch nicht, Robert.«

»Es geht alles.«

»Wenn ich das Gebiß annehme, muß ich auch mitmachen.«

»Du spinnst.«

Edel sagte: »Ich habe doch noch Anstand.«

»Na, dann mußt du eben mitmachen.«

Wir schritten jetzt über nassen Asphalt. Es waren immer noch hundert Meter. Flach und glatt lagen die Felder auf beiden Seiten der Fahrbahnen. Man konnte bis zum Horizont sehen. In der Ferne zog ein Bauer mit einem Gespann über einen Feldweg.

Schweigend gingen wir vorwärts. Als wir das Geländer der Brücke über der Schleuse erreichten, sahen wir, daß sie überschwemmt war. Das Wasser stand so hoch, daß man vom Wehr nichts sehen konnte. Hinter einem Pfahl unten am Hang lehnte ein Mensch. Das war Hai. Wir rutschten den Abhang hinunter und auf ihn zu. Die Erde war glitschig.

»Ihr kommt anspaziert wie Musikanten!« rief Hai. »Immer schön auf der Fahrbahn, damit euch jeder sieht.«

»Hat uns niemand gesehen«, antwortete ich.

»Doch!«

»Wer?«

»Ich habe euch gesehen«, sagte Hai.
Edel fragte: »Also was ist los?«
»Seht ihr dort oben die Brücke mit dem Geländer?«
»Natürlich!«
»Folgendes«, erklärte Hai. »Ab heute mittag kommt da oben ein amerikanischer Wagen durch. Es sitzt ein Offizier drin. Das ist alles!«

Ich begann mir die Brücke jetzt genauer anzusehen. Sie war kurz, und das Schleusenbett bestand eigentlich nur aus einer schmalen Schlucht. Jede der beiden Fahrbahnen hatte eine eigene Brücke. Dazwischen, wo der Wiesenstreifen hingehörte, war nichts. Edel fragte: »Und weiter?«

»Der Wagen wird genau auf der Brücke einen Unfall haben!« Aus der Ferne kam ein leises Summen. Wir dachten, es fahre ein Wagen auf der Autobahn, aber dann bemerkten wir, daß es ein Flugzeug war. Es kam aus Richtung der Stadt, und das Gedröhn seiner Motoren wurde lauter. Wir blickten hinauf. Es flog genau über unsere Köpfe.

»Wenn ich dich richtig verstanden habe«, sagte ich. »Dann sitzt in dem Wagen also nur ein Offizier? Und der Fahrer? Und vielleicht noch zwei bis drei Mann?«

Hai sah mich an. »Kaum. Nur einer. Und der Fahrer.«
»Und weiter?«
»Wie weiter?«
»Was geschieht mit ihnen?« fragte ich.
»Das ist meine Sache!«
»Eine Erklärung wäre mir lieber.«

Hai bückte sich, riß einen Grashalm aus und zerpflückte ihn in kleine Stücke. »Ein paar Kisten Zigaretten verschwinden lassen«, sagte er, »das kann jeder. Heute will ich mal beweisen, daß ich mehr kann. Ich werde einen Offizier töten.«

»Komisch.« Ich blickte in den Himmel. »Weil du dir dreckig vorkommst, muß jetzt einfach irgendein Mensch daran glauben. Und unter dem Offiziersrang machst du es nicht?«

Hai warf die Grasschnitzel auf die Erde. »Wir verstehen uns.«

»Sicher«, sagte ich. »Eigentlich gibt es nur noch eine Frage.«

»Welche?«

»Würdest du uns als Heimweg die Strecke über die Autobahn empfehlen, oder geht es schneller über die Felder?«

Ich blickte in Edels Gesicht. Er sah mich an. Sein Mund stand offen. Seine Zunge bewegte sich über den zahnlosen Unterkiefer.

Hai sagte: »Ihr könnt jeden Weg benutzen. Mir wäre in diesem Falle dann alles gleichgültig.«

»Alles?«

»Jede Freundschaft beruht auf Gegenseitigkeit.«

»Ach, richtig.« Ich drehte mich um. »Entschuldige, aber das vergaß ich.«

»Wie lange Bedenkzeit brauchst du?«

»Keine«, sagte ich. »Was mir unter anderem an der Sache nicht gefällt, ist der Platz dort oben. Wir warten auf der Fahrbahn. Da stehen wir wie auf einer Bühne, und jeder kann uns sehen.«

Edel stieß mit dem Fuß gegen einen Erdklumpen und hieb ihn wütend auseinander. »So etwas habe ich mir immer gewünscht«, sagte er.

Seine Schuhe waren mit nasser Erde beklebt. Er kratzte sie sauber.

Hai schob seine Hände in die Taschen. »Wenn ihr mich nicht ausreden laßt?«

»Also sprich weiter.«

Hai hob die Schultern. »Ich weiß genau, wann der Wagen kommt. Das ist das Schwierigste daran. Aber er wird bei der Tankstelle halten. Das macht er immer so. Dann hängt ihm der Maschinist hinten ein Tuch an die linke Ecke. Während der Fahrt wird es flattern, und daran erkennen wir ihn.«

Ich sah die Böschung der Autobahn entlang. Sie lief in leichtem Bogen auf uns zu. Aus der Ferne kam wieder leises Motorengeräusch. Diesmal war es wirklich auf der Fahrbahn. Es kam von Norden. Die Stadt lag südlich von uns.

»Komm etwas herunter«, sagte Hai. »Es ist nicht notwendig, daß uns hier jemand sieht.«

Wir gingen ein paar Schritte bis zu einer Mulde. Ein Pfahl, an dem Mist zum Trocknen hing, verdeckte uns die Sicht. Von dem Mist tropfte das Wasser. Oberall standen solche Pfähle herum, und überall auf der Erde waren kleine Bäche. Sie liefen zu der Schleuse oder versickerten unterwegs.

Ich fragte: »Und wenn er bei der Tankstelle nicht hält?«

»Dann haben wir Pech gehabt.«

»Einen besseren Fleck hast du nicht gefunden?« Edel zog Zigaretten aus der Tasche, bot uns davon an und nahm sich dann selbst eine.

»Du sollst nicht rauchen«, sagte ich.

Hai fragte: »Warum nicht?«

»Der Arzt hat ihm gestern ein paar Wurzeln gezogen. Die Wunden sind noch offen.«

»Das kann Blutvergiftung geben«, sagte Hai.

»Ihr seid rührend!« Edel steckte seine Zigarette wieder ein.

»Also mit dem Platz haut es nicht hin!«

»Doch!« Hai zeigte zum Geländer hinauf. »Wir spannen ein Seil über die Fahrbahn. An dem Geländer wird es verknotet. Was Besseres gibt es in der ganzen Gegend nicht!«

Edel zuckte mit den Schultern. »Das ist ein Grund, der dafür spricht.«

»Wir können es auch nicht zu weit von der Tankstelle entfernt spannen. Zum Schluß bemerken sie das Tuch, halten an und binden es ab.«

Ich fragte: »Und wie willst du das mit dem Seil machen?«

»Es bleibt auf der Fahrbahn liegen, bis er ganz nah ran ist, dann reißen wir es hoch. So schnell kann er nicht bremsen. Die Kerle fahren wie verrückt.«

»Was ist, wenn ein anderer Wagen kommt?«

»Wegen einem Seil auf der Straße hält keiner, dazu sind die zu großzügig.«

»Was ist das für ein Seil?«

»Ein Stück Hochspannungsleitung. Etwas dünn, aber

mit Stahlseele. Habe es vorhin dort vergraben.« Hai zeigte auf die nasse Erde. Man sah gar nichts.

Ich sagte: »Wir werden es schräg über die Fahrbahn spannen, dann kommt er auf jeden Fall ins Schleudern.«

»Und wenn er ins Wasser fällt?« fragte Edel.

»Falls es euch recht ist«, sagte Hai, »übernehmt ihr die Sache mit dem Seil, und ich kümmere mich um alles weitere. Es ist nicht gesagt, daß irgend jemand dran glauben muß. Im übrigen springe ich notfalls auch ins Wasser.«

»Wird verdammt kalt sein.«

Oben, auf der Fahrbahn, erklang Motorengeräusch. Eine ganze Kolonne rollte vorüber. Wir konnten sie nicht sehen, aber es mußten schwere Wagen sein. Die Erde zitterte.

»Wenn gleich ein zweiter Wagen hinterher kommt?« fragte Edel. »Was machen wir dann?«

»Wir machen es auf jeden Fall. Zeit können wir uns doch nicht lassen.«

»Dann können wir ja wieder gehen. Oder willst du gleich bis zum Nachmittag warten?«

»Moment!« Hai zeigte zum Geländer hinauf. »Ihr müßt euch dort oben in den Dreck legen. Zieht euch warm an. Es kann eine ganze Zeit dauern.«

»Machen wir.«

»Jetzt führe ich euch den Rückweg«, sagte Hai. »Kommt mit!«

Er schritt voraus, und wir liefen hinter ihm am Schleusenbett entlang. Das Wasser war grau und hatte keine Strömung. Auf der Oberfläche schwammen Mistfetzen.

Der Regen hatte sie vom Feld heruntergeschwemmt. Die Böschung an unserer Seite war steil.

»Kommt herunter«, sagte Hai. »Hier oben dürft ihr nicht gehen, da kann man euch sehen.« Er kletterte die Böschung hinab und schritt am Wasser entlang. Wir taten das gleiche. Zweimal knickte mein Fuß um. Das Schleusenbett machte vor uns einen Bogen. Als wir um ihn herumliefen, sahen wir einen Graben. Auch er war voll trüben Wassers und mündete in das Bett.

»In den müssen wir hinein«, erklärte Hai. »Und immer im Wasser bleiben, sonst ragen eure Köpfe über die Böschung heraus.«

Edel fragte: »Was, jetzt sollen wir da drin herumwaten?«

»Nein, heute abend!«

»Wieso, abend?«

Hai sagte: »Es kann auch dunkel kommen. Damit müssen wir rechnen.«

»Was ist dann mit dem roten Tuch?«

»Dann hängt es der Maschinist vorn an den Kühler. So, daß es vor der linken Lampe flattert.«

Edel sagte: »Na, hoffentlich klappt das.«

Wir hatten den Graben erreicht, sprangen über ihn hinweg. Hai stieg den Wall hinauf, und dann standen wir wieder auf der Ebene. Hundert Meter weiter begann Gestrüpp.

»Hinter diesen Büschen dort«, sagte Hai, »können wir aufrecht laufen. Von der Autobahn aus sieht man uns dann nicht mehr.«

Edel fragte: »Hast du das ausprobiert?«

»Ich habe alles ausprobiert.«
»Und wenn es schiefgeht?«
»Es darf nichts schiefgehen. Es klappt bestimmt!«

Wir liefen quer über das Feld auf das Gebüsch zu. Als ich mich umdrehte, lag hinter uns der Damm der Autobahn wie ein Festungsgürtel. Es war ein unbehagliches Gefühl. Zwei Wagen fuhren oben entlang. Sie kamen aus verschiedenen Richtungen und kreuzten sich auf den Brücken. Die Wolken hingen über dem Land wie Watte.

»Wo treffen wir uns?«
»Erst in dem Gebüsch«, sagte Hai. »Später bei euch in der Wohnung.«
»Um Mitternacht feiern wir dann Geburtstag«, sagte Edel.
»Von wem?«
»Von uns allen dreien!«

Das Gebüsch bestand aus einer Menge Unterholz. Es waren kleine Kiefern, die zwischen Sträuchern hockten. Durch die Zweige drückten wir uns hindurch. Auf der anderen Seite befand sich eine Mulde. Wir rutschten hinunter und standen auf einem Weg. Er war schlammig. Hier war alles schlammig.

»So«, erklärte Hai. »Wenn ihr hier seid, gehen wir dann ganz friedlich nach Hause. Der Weg mündet in den Wald hinter eurem Haus.«

»Möchte wissen, was du friedlich nennst?« sagte Edel.

»Ach!« Hai machte eine abfällige Handbewegung. »Die laufen uns nicht nach. Dazu sind sie zu faul.«

»Hoffentlich!«

Wir schritten alle drei nebeneinander den Weg entlang.

Unsere Hosenbeine starrten vor Dreck, und in meinen Schuhen quietschte das Wasser. Ein Vogel flatterte auf und schwebte über uns hinweg. Es war ein Rabe. Er erinnerte mich an ein Begräbnis. Am Horizont lag der Wald wie ein schmaler Strich. Weit und breit bewegte sich nichts.

»Was ich noch fragen wollte«, Edel wandte sich an Hai. »Wissen die Mädchen was?«

Hai sagte: »Die ahnen vielleicht etwas, aber Näheres weiß von unseren Geschäften überhaupt niemand.«

»Über etwas müssen wir uns noch einigen«, sagte ich.

»Über was?«

»Wenn es schiefgeht, erklären wir das Ganze dann für ein vaterländisches Unternehmen?«

»Das ist gleich«, antwortete Edel. »Dann hängen sie uns ja doch auf.«

»Und wenn sie mir den Strick um den Hals legen«, ich sah Hai an, »dann rufe ich aus voller Brust: Es lebe Deutschland!«

»Das ist gut!« sagte Edel. »Dann halten sie dich für einen Verrückten und lassen dich laufen!«

Der Dreck spritzte hoch, und ich sah auf meine Armbanduhr. Wir konnten in einer halben Stunde zu Hause sein. Aber der Weg war schlammig.

7

UNSER HAUS ERREICHTEN WIR durch den Wald. Hai hatte uns inzwischen verlassen. Was er noch vorhatte, wußte ich nicht. Hinter dem Haus lag der Garten. Die Bäume mit ihren kahlen Ästen standen herum wie Schirme, von denen der Wind die Bespannung heruntergerissen hat. Einer war umgestürzt, den würden wir bei Gelegenheit verheizen. Für den Garten gab es hinten keinen Eingang, und wir mußten deswegen über den Zaun. Ich kam gut darüber, aber Edel blieb oben an einem Draht hängen. Er stürzte mit dem Kopf voraus auf die Erde. Es war alles weich, und er verletzte sich nicht. Als er wieder aufstand, lachte ich. Der Dreck tropfte von seinem Kinn über den Anzug.

Wir schritten über den kleinen Weg bis zur Hausecke, dort kratzten wir die Erde von den Schuhen. Ich zog den Schlüssel aus der Tasche, da sah ich Olga.

»Olga wartet auf uns«, sagte ich zu Edel.

»Wo?«

»Vor der Tür.«

Edel sagte: »Die Hure hat mir gerade noch gefehlt.« Ich sah ihn an, und er spuckte auf den Boden. Wir traten vor, Olga drehte sich um.

»Guten Tag, Hure«, sagte Edel.

Olga wandte sich so, daß sie zwischen uns stand, zeigte

ihm den Rücken und tat, als habe sie nichts gehört. »Wie siehst du denn aus, Rob«, sagte sie.

»Wir waren ein bißchen im Wald. Wartest du schon lange?« Ich wollte möglichst viel reden und noch etwas hinzufügen, aber Edel riß mir den Schlüssel aus der Hand, und da fiel mir nichts mehr ein. Die Treppe stiegen wir schweigend hinauf.

Olga trat oben gleich in die Küche, zündete das Gas an und stellte Wasser auf. »Wascht euch warm«, sagte sie. »Und vor allem zieht eure Schuhe aus!«

Edel antwortete: »Spar dir deine Ratschläge!« Er setzte sich auf den Stuhl, öffnete seine Schuhriemen und schleuderte dann mit den Füßen die Schuhe von sich. Der Dreck spritzte durch die Küche.

»Kannst auch ein bißchen Rücksicht nehmen«, sagte ich.

»Die soll's wegputzen«, antwortete Edel.

Olga trat zur Tür und schloß sie. Die Scharniere quietschten.

»Möchte wissen«, sagte Edel, »wann endlich jemand diese Dinger ölt?«

»Das kannst du ja machen!«

Edel warf seine Jacke ab. Sie fiel auf den Fußboden. Die Erde bröckelte von ihr ab und sprang durch die Küche. Er benahm sich wie ein Arbeiter, der sich in der Baubude für den Heimweg umzieht. Olga sah herüber und betrachtete mich.

»Steh nicht so rum!« sagte Edel. »Tu etwas!«

»Soll ich gehen, Rob?« fragte Olga.

»Nein!«

Edel streckte auf seinem Stuhl die Beine aus. »Zieh mir meine Strümpfe herunter!«

Olga trat einen Schritt nach vorn. Sie wollte niederknien.

»Zieh deine Strümpfe gefälligst allein aus!« sagte ich.

Olga schritt zurück und betrachtete abwechselnd mich und Edel. Ich stand am Schrank. Der Abstand zwischen uns war groß. Ihre Blicke gingen hin und her.

»Was soll denn das heißen?« fragte Edel.

»Das soll heißen, daß du deine Strümpfe selbst ausziehst!«

»Aber bei dir darf sie es schon?« Edel stampfte auf den Boden. Er verzog sein Gesicht. Ich räusperte mich.

Edel schrie mich an: »Laß das dumme Gelächter!«

»Was ist eigentlich mit dir los?«

»Das weißt du!«

»Ich weiß gar nichts!«

»Was muß man alles machen, um hier leben zu dürfen? Auf jeden wird Rücksicht genommen, nur auf mich nicht!«

»Verdammt noch mal!« rief ich. »Was willst du von uns? Dir hat doch keiner was getan?«

»Meinst du?«

Ich sagte: »Olga, bitte koch uns einen Tee.«

»Bitte, Olga!« kicherte Edel. »Für Olga hast du was übrig! Aber was mit mir los ist, interessiert dich nicht!«

»Du bist anscheinend nicht in Stimmung!«

»Ihr zwei Schufte«, antwortete Edel.

»Wer?«

»Du und Hai!«

Olga starrte mich an.

»Schön«, sagte ich. »Ich weiß jetzt, was mit dir los ist. Ich würde...«

»Sprich doch weiter!«

»Wenn Olga nicht hier wäre, würde ich es aussprechen!«

»Sprich es aus. Du erzählst es ihr ja doch.«

»Olga«, sagte ich. »Sieh ihn dir an. Er hat Angst. Er macht bald in die Hosen vor Angst. Der tapfere Edel. Ein Feigling. Ein richtiger Feigling!«

Edel sah mich an. »Ist dir jetzt wohler?«

Das Wasser auf dem Gas begann zu brodeln. Olga schritt hinüber und nahm es herunter.

»Wenn du deine verdammte Angst nicht ablegen kannst, dann hättest du es nur vor Hai zu erklären brauchen!«

»Ich dachte, du wärst ein Freund. Aber so seid ihr alle. Wenn ihr mich für irgend etwas braucht, dann hört die Freundschaft auf.« Edel faltete die Hände. Olga goß am Herd das Wasser in eine Schüssel.

»Für Hai hätte ich eine Erklärung gefunden«, sagte ich. »Aber der Satz über deinen Anstand klang mir noch in den Ohren.«

»Über so etwas muß man nicht reden. Ich bin fertig. Entschuldige!«

Ich befahl ungeduldig: »Mach einen Tee, Olga!«

»Für mich nicht«, sagte Edel. »Ich bin angeregt genug!«

»Du wirst ohnedies hierbleiben!«

Edel wandte den Kopf zu mir. Eine Zeitlang blickten wir uns an, dann starrte er auf den Boden.

»Ist schon gut«, sagte ich. »War nicht deine Schuld allein!«

»Muß ich mitgehen?«

»Nein, du bleibst da. Dir ist es schlecht geworden. Ich werde es Hai erklären.«

»Ihr werdet es allein nicht schaffen!«

»Mach dir darüber keine Gedanken.«

»Das Gebiß nehme ich dann natürlich nicht mehr, Robert.«

»Darüber reden wir morgen.«

Olga brachte die Schüssel mit dem warmen Wasser herüber und setzte sie auf den Tisch. Ich fragte: »Hast du was dagegen, wenn ich mich zuerst wasche, Edel?«

»Nein.«

Ich zog meine Jacke aus, schlüpfte aus dem Hemd und tauchte mein Gesicht unter Wassser. Es tat mir gut. Olga holte ein Handtuch und sah mir zu. Als ich fertig war, rieb sie mir die Nässe vom Nacken.

»Versuche, mich zu verstehen«, sagte Edel. »Ich kann einfach nicht.«

»Reden wir nicht mehr darüber.«

»Bitte, nicht so«, antwortete Edel. »Das macht die ganze Sache nur schlimmer. Ich tauge einfach nicht dazu.«

»Aber ich verstehe es ja!«

»Im Talmud gibt es ein Sprichwort: ›Verurteile nie einen Menschen, in dessen Lage du noch nicht gewesen bist.‹«

»Das ist ein gutes Sprichwort.«

»Wenn du mich anspucken würdest, wäre das besser als diese Antwort.«

»Vergiß wenigstens nicht, daß Olga uns zuhört.«

Edel schüttelte den Kopf. »Soweit ist es mit mir gekommen. Reden wir von etwas anderem.«

»Ja.«

»Robert, ich schäme mich.«

»Verdammt, hör jetzt auf!«

Edel erhob sich vom Stuhl. Er schritt in Strümpfen zur Tür und hinaus. Draußen hörte ich ihn gegen das Geländer stoßen.

»Olga, sieh mal nach, was er tut«, sagte ich.

Olga trat zur Tür. Sie öffnete einen kleinen Spalt und sah hinaus.

»Er geht ins Schlafzimmer, Rob.«

»Hoffentlich kommt er nicht wieder.«

»Was ist eigentlich los?«

»Nichts.«

»Aber ihr habt doch was vor, Rob?«

»Wenn du mir einen Gefallen tun willst, dann vergiß, was du gehört hast.«

»Auch das, was Edel zu mir gesagt hat?«

»Wenn du kannst, ja.«

»Rob, hast du auch Angst?«

»Jetzt schon. Dieser Idiot hat mich angesteckt.«

»Dann laß es doch einfach.«

»Das geht nicht«, sagte ich.

»Ihr seid wie Kinder, Rob.« Olga hob die Schultern. »Willst du ein paar Brote zum Tee?«

»Ja, bitte.«

Sie trat zum Küchenschrank und machte dort etwas zurecht. Ich zog mein Hemd wieder an, setzte mich auf den

Stuhl und wusch mir in der Schüssel die Beine. Olga fragte:
»Aus was für einer Familie ist Edel eigentlich?«

»Wie meinst du das?«

»Was war sein Vater?«

»Ingenieur.«

»Dann ist er aus einer guten Familie.«

»Wenn du danach die Familien einteilst, dann ist er bestimmt aus einer guten Familie.«

»Aber, nicht wahr«, sagte Olga, »er ist ein bißchen dumm?«

»Wer behauptet das?!« schrie ich. Ich stockte und sagte leise: »Er besitzt genausoviel Verstand wie wir zwei.«

»Deswegen brauchst du mich doch nicht anzuschreien!« Olga blickte herüber. »Wenn man ihn ansieht, bekommt man jedenfalls den Eindruck. Davis sagte es auch.«

Ich schlug mit der Faust auf die Tischplatte. »Was geht Davis das Gesicht von Edel an!«

»Rob, er hat es nicht bös gemeint!«

»Hör jetzt auf davon.«

Olga kam herüber. Sie trug eine Tasse in der Hand, schritt nochmals zurück und holte die Brote. Sie hatte Marmelade daraufgestrichen. Ich konnte Marmelade auf Brot nicht leiden.

»Warst du schon mal in einer Oper, Rob?« fragte Olga.

»Wie kommst du denn darauf?«

»Ich war in meinem Leben noch nie im Theater.«

»Kino ist auch viel interessanter«, antwortete ich.

»Aber die Musik bestimmt nicht.«

»Du verstehst doch nichts von Musik?« Ich zog meine

Füße aus dem Wasser und trocknete sie ab. Neben der Schüssel hatte sich auf dem Boden eine Pfütze gebildet. Olga wischte sie zusammen. Sie nahm die Schüssel, trug sie zum Ausguß und schüttete sie aus. »Einmal war ich im Konzert, Rob. Das fand ich seltsam. Mir war zumute, als schwebte ich. Wenn sie die Theater mal wieder aufmachen, gehe ich in eine Oper.«

»Ich war auch erst zweimal in einer Oper«, sagte ich.

»Bist du aus einer guten Familie?«

»Nein.«

»Ich dachte immer, du wärst aus einer guten Familie.«

»Was redest du eigentlich so blöd?«

»Du hast recht, Rob.«

»Bitte, hol mir Strümpfe und meinen Pullover.«

Olga sah mich an, und dann ging sie hinaus. Ich stand auf, lief barfuß zum Sofa und begann, Marmeladebrote zu essen. Den Tee hatte sie noch nicht eingeschenkt. Das Brot schmeckte trocken. Meine Hosenränder klebten an den Knöcheln. Sie waren unterwegs naß geworden, aber die Küche erwärmte sich langsam. Die Tür ging auf, und Olga kam zurück. Sie hatte die Strümpfe in der Hand, den Pullover unterm Arm. Ihr Rock war so eng, daß sie nur kurze Schritte machen konnte.

Ich fragte: »Was tut er?«

»Er liegt mit seinem nassen Zeug im Bett.«

»Hat er sich zugedeckt?«

»Das habe ich getan.« Olga kam um den Tisch herum, kniete an meiner Seite und wollte mir die Strümpfe anziehen.

»Leg sie aufs Sofa. Das mache ich selbst«, sagte ich.

»Bitte, laß mich doch, Rob.«
»Ich mag es nicht.«
»Aber es ist doch nichts dabei!«
»Ich lasse mir von einer Frau nicht die Strümpfe anziehen.«
»Auch dann nicht, wenn du sie liebst, Rob?«
»Dann auch nicht.«

Olga stand auf, legte die Strümpfe aufs Sofa und schritt dann zum Herd, um den Tee zu holen. Während sie zurückkam, ging die Tür auf. Edel trat herein. Seine Haare waren zerwühlt. Er nahm sich den Stuhl, schob ihn zum Tisch und setzte sich nieder.

»Bekomme ich auch eine Tasse Tee?« fragte er.
»Ja.«

Olga schritt zum Küchenschrank. Edel nahm sich ein Brot. Er begann zu essen. Als Olga ihm einschenkte, sagte er: »Hol mir frische Wäsche!«

Olga ging hinaus. Der Tee schmeckte bitter, und die Marmelade ekelte mich an. Ich spülte sie mit dem Tee hinunter.

»Wie lange haben wir noch Zeit?« fragte Edel.
»Wieso?«
»Ich gehe mit.«
»Geh lieber ins Bett.«

Edel sagte: »War ein Anfall, Robert. Jetzt ist es vorbei. War genau wie damals vor dem Angriff.«

»Habe ich die Rolle des Feldwebels gespielt?«
»Ja.«

»Na, hoffentlich erwischt es mich nun nicht«, sagte ich.

»Muß ich mich bei Olga entschuldigen, Robert?«

»Das könnte nichts schaden.«

Edel legte seine rechte Hand auf den Tisch. »Muß ich mich bei dir entschuldigen?«

»Das könnte auch nichts schaden.« Ein Bissen Brot geriet mir in die Luftröhre, und ich mußte husten.

»Ich entschuldige mich hiermit bei dir«, sagte Edel.

Unterm Tisch trat ich ihm gegen das Schienbein. Er griff sich ans Knie und verzog sein Gesicht. »Robert, sag Hai nichts davon, der nimmt es anders als du.«

»Ich werde ihm jedes Wort erzählen!« Während ich sprach, mußte ich noch immer husten. Edel sah mich an, dabei öffnete er seinen Mund.

»Zum Teufel, muß das sein?« rief ich.

»Was?«

»Ach, nichts.«

Olga kam mit den Sachen herein. Sie legte alles aufs Sofa, dabei rutschte ihr das Hemd auseinander, und ein Ärmel breitete sich aus. Sie legte den Ärmel wieder zusammen.

»Geht er jetzt mit?«

»Natürlich.«

»Habe ich mir gleich gedacht.«

»Mach bitte warmes Wasser für Edel«, sagte ich. Edel wandte ihr den Kopf zu. »Wieso?«

»Mit Männern kenne ich mich ziemlich aus.«

Edel griff seitlich nach ihrer Hand. »Ich entschuldige mich hiermit bei dir«, sagte er.

Olga sah ihn an und schüttelte den Kopf, dann trat sie zu mir. Sie stellte sich neben mich und drückte meinen Arm. Ihre andere Hand strich herauf bis zu meiner Schulter.

»Nanu?« fragte Edel. »Was ist jetzt los?«

Olga sagte: »Wenn ihm etwas passiert, das halte ich nicht aus.«

Ich wandte mich ihr zu und blickte ihr in die Augen. »Wußte gar nicht, daß du hysterisch bist«, sagte ich. »Du und Edel, ihr paßt verdammt gut zusammen.«

8

WIR NAHMEN WIEDER den Weg durch den Wald. Die Erde zwischen den Bäumen glich einem Sumpf. An unseren Schuhen klebte der nasse Lehm. Mit jedem Tritt wurden sie schwerer. Edel, der hinter mir lief, überließ mir die Führung. Als wir die Hälfte der Strecke hinter uns hatten, trafen wir auf einen Pfad. Am Vormittag hatte ich ihn nicht bemerkt, aber er hielt unsere Richtung, deswegen entschloß ich mich, auf ihm zu bleiben. Hier war die Erde fester.

Der Pfad führte quer über einen schmalen Bach. Über dem Wasser lag ein Brett, und als ich auf das Brett trat, kippte es um. Mein rechtes Bein stand bis zur Wade im Wasser. Ich mußte meinen Schuh ausziehen, das Wasser herausschütteln und dann den Schuh wieder anziehen, und dadurch übernahm Edel die Führung. Anscheinend hatte er es eilig, denn er lief immer zwanzig Schritte voraus. In meinem rechten Schuh schwappte das Wasser. Die Socken auszuwringen, hatte ich vergessen.

Einmal stöberten wir einen Hasen auf. Der Pfad führte direkt auf einen Baum zu und war dort zu Ende. Eine Leiter aus Ästen führte vom Boden nach oben. In der Baumkrone befand sich ein Holzsitz, und um den Baumstamm herum lagen die Reste einer Zeitung. Zwei Meter entfernt blinkten leere Konservendosen. Dazwischen stand ein versteinerter Kothaufen.

Edel fragte mich: »Meinst du, daß der von einem Menschen ist?«

Ich sagte: »Nein, der stammt von einem Elefanten.«

Wir gingen weiter, noch fünfzig Meter zwischen den Bäumen hindurch, dann erreichten wir den Waldrand. Die Felder lagen verlassen, und der Weg vom Vormittag lief keine zwanzig Schritt entfernt vorüber. Ich hatte ihn sofort gesehen, aber Edel blickte in die andere Richtung.

Er hob den Arm. »Sieh mal dort hinüber!«

Eine Frau lief gebückt über den Acker. Hinter sich zog sie einen Sack her. Sie suchte verfaulte Kartoffeln oder Rüben. Ich zeigte nach der anderen Seite. »Unser Weg liegt hier!«

»Siehst du die Frau nicht?«

»Doch.«

Edel sagte: »Ich habe mir gleich gedacht, daß nicht alles so einfach gehen wird, Robert.«

»Wenn es dir nicht paßt, dann geh wieder nach Hause.«

Wir gingen nebeneinander auf dem Weg in Richtung Schleuse. Edel schwieg. Wir erreichten das Gebüsch und drückten die Zweige beiseite. An einer kleinen Kiefer riß ich mir die Hand blutig. Dann kamen wir auf der anderen Seite wieder heraus, und da war der Graben.

»Steigen wir hinein, Robert?«

»Wenn es dir Vergnügen bereitet?«

»Hai wünscht es, Robert.«

»Wenn er es wünscht, mußt du natürlich hineinsteigen«, sagte ich.

Wir gingen am Rande des Grabens entlang, erreichten das Flußbett von der Schleuse, kamen um das Knie, und die Brücke lag vor uns. Aber Hai war noch nicht da.

»Wie spät ist es?« fragte ich Edel.

»Wir sind pünktlich.«

»Das wäre jetzt was«, sagte Edel. »Wenn er nicht käme!«

Zwischen den Stangen mit dem Mist hindurch erreichten wir den Wall der Autobahn. Wir wollten hinauf, aber gleichzeitig sprang jemand von oben herunter. Es war Hai. Er landete fast auf meinen Füßen. Mein rechtes Bein war eiskalt.

»Wo kommst du her?«

»Ich habe mir noch die Gegend angesehen. Von der anderen Seite. Es ist alles in Ordnung.« Hai trat einen Schritt nach vorn, stocherte mit dem Schuh in der Erde herum, ein Stück Metall kam zum Vorschein, und dann zog er das Seil aus dem Morast heraus. Stärker als mein kleiner Finger war es nicht. Er sagte: »Wenn der Dreck ab ist, hat es die gleiche Farbe wie Beton.«

Das Seil war blaugrau. Mir kam es zu dünn vor.

»Müssen wir gleich alles vorbereiten?«

»Nein, rauchen wir erst noch eine Zigarette.«

Damit uns von der Autobahn herunter niemand sehen konnte, stellten wir uns hinter eine von den Stangen. Zwischen uns und der Fahrbahn stand ein Berg Mist. Hai verteilte Zigaretten. Wir zündeten sie uns an. Die Rauchwolken stiegen nach oben.

»Auf welcher Seite soll er eigentlich herunterfallen?«

»Zu uns her!« Hai zeigte auf die Brücke. »Wenn er drüben gegen das Geländer prallt, wäre es nicht so gut.«

»Dann müssen wir das Seil schräg spannen, so daß es drüben einen Meter weiter vorn liegt.«

»Das ist zuwenig. Wir spannen es genau von einer Ecke zur anderen. Das Seil ist lang genug!« Ich trat hinter dem Mist hervor und blickte zur Brücke. Sie war nicht länger als zehn Schritt. Das Geländer hörte an den Brückennähten auf. Es war eine Eisenkonstruktion.

»Wer legt sich drüben hin?«

»Edel macht das!«

Edel blickte mich an und nickte. Die Zigarette klemmte zwischen seinen Lippen. An die Wunden in seinem Kiefer dachte er nicht.

»Da drüben bist du aber ziemlich verlassen«, sagte Hai.

»Wir können uns über die Fahrbahn hinweg unterhalten.«

»Ja, das kann man.«

Ich sagte: »Aber wenn die Sache passiert ist, mußt du zu uns herüber. Stell dir das nicht so einfach vor. Besonders, wenn etwas schiefgeht.«

»Glaubst du, ich fürchte mich?«

»Nein, aber wir können trotzdem tauschen, wenn du willst.«

Edel schüttelte den Kopf. »Der Wagen wird ja auf euch zugeschleudert – da ist mir die andere Seite lieber.«

»Das eine ist so gut oder schlecht wie das andere«, antwortete Hai.

Auf der Autobahn oben sauste ein kleines Fahrzeug vorüber. Wir hörten, wie der Motor aufbrummte und dann wieder leiser wurde.

»Das war ein Jeep«, erklärte Hai. »Sie fahren immer, als sei der Teufel hinter ihnen her.«

Edel sah mich an. »Seit wann rauchst du Zigaretten, Robert?«

»Warum?« Ich blickte auf meine Hand. Zwischen den Fingern hielt ich die Zigarette, und sie war zur Hälfte verraucht.

»Bin ich wenigstens nicht der einzige«, sagte Edel.

Ich warf meine Zigarette auf die Erde. Sie verzischte im Wasser. Nacheinander kletterten wir die Böschung hinauf. Das Gras war glitschig. Hai zog das zusammengerollte Seil hinter sich her. Oben legten wir uns am Rand des Asphaltstreifens in die Nässe. Links von mir begann das Brückengeländer.

Hai befahl: »Geh jetzt hinüber!«

Edel sprang auf und huschte über die Fahrbahn. Er rannte drüben am Geländer entlang, bis er die Ecke am anderen Ende erreichte. Dort verschwand er.

Hai erklärte: »Da drüben ist eine prima Mulde.« Leises Motorengeräusch klang auf. Wir blickten in Richtung Stadt. Ein schwarzer Punkt kam langsam auf uns zu. Er wurde größer und das Geräusch lauter, und eine halbe Minute später rollte der Lastwagen an uns vorbei. Ich hatte mich auf die Erde gepreßt. Als ich meinen Kopf hob, sah ich nur noch seine Rückwand. Hinten auf dem Wagen saß ein Neger. Er baumelte mit den Beinen. Ich hatte noch niemals ein so friedliches Gesicht gesehen.

Als der Lastwagen in der Ferne verschwand, warf Hai das Seil hinüber. Edel zog es an. Es reichte wirklich quer über die gesamte Brücke. Unser Ende band ich an die letzte Strebe des Geländers neben mir. Es wurde eine Schlinge. Sie ließ sich leicht verschieben. Edel tat drüben das gleiche. Das Seil lag leicht gespannt auf der Fahrbahn und fiel nicht besonders auf. Edel rief: »Schieb es mal hoch!«

Wir taten es gleichzeitig, und es klappte gut. In der Mitte hing das Seil durch und berührte fast den Beton, aber der Wagen würde mehr rechts fahren. Über das Hindernis kam er nicht hinweg.

»Nimm es wieder runter!«

Ich tat es. Das Seil lag wieder schräg auf der Brücke und sah harmlos aus.

Hai fragte: »Meinst du, daß es reißt?«

»Das kann man nicht wissen. Den Stoß kann aber der Fahrer kaum abfangen. Er kommt ins Schleudern.«

»Sind oft geschickte Kerle dabei«, antwortete Hai.

Wir sahen einen Kilometer entfernt einen neuen Wagen. Der Punkt wurde schnell größer. Er kam näher, und je näher er kam, um so stärker wurde das Seil auf der Fahrbahn. Erst sah ich nur einen Strich. Dann sah ich etwas unförmig Dickes, stark wie mein Arm, und zum Schluß erschien mir das Seil so gewaltig wie ein Kanalrohr. In diesem Augenblick raste der Wagen darüber hinweg, und es war wieder das dünne, harmlose Seil.

Edel tauchte aus seiner Mulde auf. »Wenn er die Brückennaht erreicht, ist der richtige Moment!«

»Jawohl«, sagte ich. Meine Stimme klang dünn.

Hai und ich lagen eine Weile schweigend nebeneinander. Dann sagte ich: »Hoffentlich geht es gut.«

Wieder verstrich eine Weile, und ich erklärte: »Wenn es wenigstens dunkel würde.«

»Das ist mir gleich.«

Zehn Minuten vergingen, und es kam mir vor wie eine Stunde. Ich fror. Mein Bein begann zu erstarren. Dann kamen in kurzen Abständen mindestens zehn Fahrzeuge auf uns zu und rollten über die Brücke, und ich spürte wieder nichts. Als wir das hinter uns hatten, sagte Hai: »Jetzt können wir langsam damit rechnen, daß er kommt.«

Eine Stunde lang kam gar nichts. Weder auf unserer Fahrbahn noch auf der Fahrbahn drüben. Nach dieser Stunde dachte ich, mein Bein sei aus Glas.

»Ob du es glaubst oder nicht«, sagte ich. »Jetzt muß ich ein bißchen herumlaufen.«

Hai fragte: »Warum?«

»Weil mein Fuß erfriert.«

»Du hättest dich wärmer anziehen müssen.«

Ich sagte: »Tritt du mal mit warmen Socken in kaltes Wasser. Was meinst du, wie einem da wird!«

»Mach dir unten an der Böschung Bewegung«, sagte Hai. »Wenn er kommt, rufe ich dich. Aber geh nicht zu weit weg.«

Ich ließ mich auf dem Bauch zurückrutschen und stieg die Böschung hinunter. Unten begann ich hin und her zu laufen. Immer fünf Schritte vorwärts und fünf Schritte zurück. Mir wurde wärmer, und ich hatte Zeit zum Nachdenken. Ich dachte daran, daß ich jetzt einfach weggehen könnte. Aber ich ging nicht. Ich dachte darüber nach, warum ich es nicht tat, und kam zu keinem Ergebnis. Es dauerte eine Stunde, bis ich mich körperlich etwas wohler fühlte. Oben waren inzwischen viele Fahrzeuge vorbeigerast. Hai hatte niemals gerufen. Ich dachte: Unser Wagen kommt nicht mehr. Und ich stieg wieder hinauf.

»Gut, daß du kommst«, sagte Hai. »Jetzt muß ich runter. Mir ist so kalt, daß ich mich nicht mehr rühren kann.« Er rutschte zurück und verschwand. Ich lag auf meinem alten Platz.

Ich rief: »Edel, wie geht es dir?!«
»Schlecht! Mir ist kalt!«
Ich rief: »Der verfluchte Wagen kommt nie!«
Es kam keine Antwort.

Wenn ich den Kopf hob, konnte ich die Fahrbahn entlangsehen. Ich dachte daran, daß Edel auf seiner Seite das Tuch nicht sehen konnte, aber mir fiel ein, daß ich das Tuch ja auch leicht übersehen könnte, und ich wünschte, der Wagen mit dem Tuch würde kommen, solange Hai noch nicht zurück war, und ich war ziemlich sicher, daß ich das Tuch dann übersehen würde.

Der Wagen kam nicht. Es kamen eine Menge Fahrzeuge, aber die besaßen kein Tuch. Wenn sie über das Seil hinwegrollten, blieb jetzt das Seil so dünn, wie es war. Einmal erkannte ich ganz deutlich das Gesicht eines Fahrers. Er trug eine Brille mit Metallbügeln und machte einen verhärmten Eindruck. Er erinnerte mich an den Polen, der sich beim Essenholen verirrt hatte und im Niemandsland herumsuchte und den ich eine ganze Weile durch das Fernrohr beobachtete, bis jemand auf ihn schoß. So verging die Zeit.

Ich war dreimal den Hang hinuntergeklettert. Unten war ich wie ein Tier im Käfig hin und her gelaufen, um meine Glieder beweglich zu machen. Hai hatte dreimal das gleiche getan. Aber Edel hielt auf seinem Platz aus, als sei er gegen die Kälte unempfindlich. Eine halbe Stunde vor fünf begann es zu dämmern. Um fünf war es dunkel, und die Fahrzeuge fuhren nur noch mit Licht. Als ich später meine Hand in einen Scheinwerferkegel hielt, sah ich auf meiner Armbanduhr, daß es sechs war. Wir lagen immer noch auf der Erde und froren. Meine Zähne schlugen so stark gegeneinander, daß ich mir einbildete, Edel müsse es drüben hören. Die Nässe drang durch meine Kleider. Ich war überzeugt, daß ich es keine halbe Stunde mehr aushalten würde.

»Wenn er in einer Stunde nicht kommt«, meldete sich Hai, »dann hauen wir ab.«

»Besser, wir gehen gleich.«

»Das wäre verfrüht.«

Ich erklärte: »Mir ist das egal. Ich halte es nicht mehr aus.«

»Wenigstens noch eine halbe Stunde!«

»Nein, sofort«, sagte ich.

In der Ferne, von der Stadt her, schob sich das Strahlenbündel von zwei Scheinwerfern in den Himmel. Es war neblig geworden, und Wolken dämpften das Licht.

Hai sagte: »Vielleicht ist er das?«

»Das ist mir gleich.« Ich stand auf, stellte mich neben das Geländer und schlug mit den Händen gegen meine Brust. Das Strahlenbündel des Fahrzeuges kam näher, die Spitzen des Lichtes berührten den Beton der Autobahn, und im linken Lichtkegel bewegte sich ein Schatten. Es war, als flattere ein Vogel gegen eine Lampe.

»Achtung!« schrie Hai. »Das ist er!«

Im gleichen Augenblick lag ich neben Hai. Das Summen des Motors klang auf und wurde lauter. Die Scheinwerfer bohrten sich wie weiße Stangen durch die Finsternis.

»Alles in Ordnung?«

»Nicht die Nerven verlieren!« schrie ich.

Am Boden glitzerte das Seil im ersten Lichtstrahl. Meine Hand griff nach der Schlinge am Geländer. Sie begann zu zittern. Mir wurde heiß. Auf dem Betonstreifen kroch der Wagen näher. Ich war überzeugt, daß er kroch. Er bewegte sich viel zu langsam. Dann war er noch fünfzig Meter von der Brücke entfernt und raste plötzlich auf uns zu. In der nächsten Sekunde war ich unfähig zu unterscheiden, ob er kroch oder raste. Die Brückennaht erreichte er mit der Geschwindigkeit eines Geschosses. Edel riß das Seil hoch. Meine Hand fuhr nach oben. Ich schloß die Augen.

Der Kühler knallte gegen das Seil. Neben mir riß es die Strebe auseinander. Sie zischte durch die Luft und krachte gegen den Wagen. Bremsen kreischten. Einer von den beiden Scheinwerfern erlosch, den Wagen riß es herum. Eine Gestalt wurde herausgeschleudert. Sie flog durch die Dunkelheit wie ein Bündel. Es klatschte auf dem Beton. Das Summen des Motors brach ab.

Es war ein Jeep. Er stand quer zur Fahrbahn. Ich hörte das Blech knacken. Der Mensch auf dem Beton rührte sich nicht, unter dem Verdeck des Jeeps rührte sich auch nichts.

Ein Strahler war nach oben gerichtet. Sein Licht flutete in den Himmel.

»Verdammt!« hörte ich Hais Stimme. »Sind jetzt etwa alle tot?«

»Soll ich aufstehen?!« schrie ich.

»Bleib liegen, ich...«

Edel sprang drüben auf, rannte uns entgegen, und es knallte. Ich sah das Mündungsfeuer blitzen. Der Schütze saß auf dem Rücksitz. Es war die Salve einer Maschinenpistole. Sie kicherte hell.

Edel stand vor uns, eine lange Schießscheibe. Ich dachte, er sei getroffen, aber da sprang er an uns vorbei, den Hang hinunter.

»Ihm nach!« rief Hai. Wir drehten uns um, rutschten die Erde hinab. Hinter uns prasselte eine neue Garbe auf den Beton. Querschläger summten über meinen Kopf wie Bienen. Edel kauerte unten und hielt mir seinen Arm entgegen. Ich faßte danach, riß ihn mit. Hai vor uns, wir beide nebeneinander, so keuchten wir am Schleusenbett entlang. Ich dachte, es zerrisse meine Lunge. Keine halbe Minute, und wir hatten den Graben erreicht. Bis zu den Knien standen wir im eiskalten Wasser. Mir kam es heiß vor.

Einen Augenblick später schlug Edel mit dem Kopf voraus ins Wasser. Es spritzte, und er versank wie ein Toter. An der Schulter zog ich ihn hoch. Wasser lief aus seinen Haaren, aus seinem Mund. Er triefte. Er sprudelte zwischen den Lippen hervor: »Mich hat's erwischt.«

»Narr!« schrie ich. »Sie schießen doch nicht mehr!«

Ich dachte, seine Angst spiele ihm einen Streich, und hieb ihm ins Gesicht. Mit der flachen Hand schlug ich auf seine Backe. Er schüttelte den Kopf. Ich schlug noch einmal zu.

»Hör auf!« schrie er. »Es hat mich doch schon auf der Fahrbahn erwischt!«

»Wo?«

»Am Bein!«

Ich brüllte: »Hai! Hai!«

Er stand schon neben uns. Ich wollte etwas erklären, aber er riß Edel hoch. Er nahm ihn auf den Arm wie ein Kind. Die beiden Gestalten verschmolzen in der Dunkelheit zu einer schwarzen Masse. Das Wasser wogte. Hai, mit seiner Last, stampfte vor mir her. Der Schweiß lief mir vom Gesicht. Auf der Autobahn begann jetzt nochmals eine Knallerei. Sie schossen nach uns. Sehen konnten sie nichts, aber die Kugeln pfiffen über uns hinweg. Hai wandte sich einmal um. Ich erblickte ein verzerrtes Gesicht.

Wir hatten die Stelle erreicht, wo das Gebüsch begann. Edel stöhnte, als Hai mit ihm aus dem Graben kletterte.

Hai keuchte: »Zeig dein Bein!«

»Erst durch das Gebüsch!«

Wir hetzten durch die Sträucher. Ich lief voraus, schob die Zweige auseinander. Dornen zerrissen mir die Haut wie kleine Messer. An einem Ast zerfetzte meine Hose. Auf dem Weg blieb Hai stehen.

»Zeig jetzt her!« Hai stellte Edel auf die Erde. Er hob seinen linken Fuß. Es war zu dunkel, um etwas zu erkennen. Hai tastete mit der Hand an dem Bein entlang.

»Oh!« stöhnte Edel. »Du bist verrückt!«

»Es ist nicht sehr tief. Gebt mir ein Taschentuch!«

Ich fand nichts. Hai trug einen Schal. Er zog ihn herunter. Ich hörte, wie er den Stoff von Edels Hose zerriß, dann arbeitete er an der Wade herum. Es war wieder still. Das Schießen hatte aufgehört. Man vernahm nur das Knistern der Zweige oben im Gestrüpp. Sie knackten vor Nässe oder Kälte. Ich schwitzte noch immer.

»Bist du bald fertig?« fragte Edel.

»Halte dich ruhig!« Hai band den Schal um das Bein. Die Zeit dehnte sich endlos. Über die Autobahn krochen Bündel von Scheinwerfern. Sie kamen aus der Stadt. Es waren mindestens vier Wagen. Es konnten auch mehr sein, aber es gelang mir nicht, sie zu zählen. Das Licht flimmerte in meinen Augen. Endlich war Hai fertig. Er nahm Edel über die Schulter wie einen Sack.

»Nachher werde ich dich ablösen!« rief ich und wußte genau, daß ich Hai nicht ablösen würde, denn ich konnte Edel kaum zehn Schritt weit tragen.

Wir keuchten den Weg entlang. Ich ging voraus und blickte mich wieder um. Das Wasser rann aus meiner Hose.

Wir waren etwa fünfhundert Meter vorwärtsgekommen, da peitschte in der Ferne ein Schuß. Er kam aus der Richtung der Tankstelle, und ich wunderte mich, was es dort zu schießen gab.

Eine halbe Stunde brauchten wir bis zum Waldrand. Als uns die Bäume verdeckten, wurde mir leichter.

9

GEGEN ZEHN UHR saßen wir in der dunklen Küche und rauchten. Edel lag auf dem Sofa. Seine Wunde hatten wir verbunden. Es war ein Streifschuß an der Wade. Genau zwei Handbreit unter dem Knie. Die Kugel hatte an der Innenseite des Beines das Fleisch aufgeschnitten. Es war keine gefährliche Verletzung. Die Flammen des Gasherdes warfen Schatten über unsere Gesichter. Blaues Licht spiegelte sich in der Glasscheibe über der Tür. Unsere Kleider hatten wir im Ausguß durchgespült, sie hingen zum Trocknen im Atelier. Edel lag im Hemd unter der Decke. Hai trug einen Anzug von mir. Seine Arme waren dafür zu lang. Ich selbst hatte mich in meinen Mantel eingehüllt. Das Gas verbreitete genügend Wärme. Ich fror nicht mehr.

»Vielleicht ist es besser, wir machen Licht«, sagte Hai.

Edel fragte: »Warum?«

»Wenn jemand vorbeigeht, sieht man, daß ihr zu Hause seid.«

»Es ist gleichgültig in unserer Lage!« Ich stand vom Stuhl auf, schaltete das Licht ein. Die Strahlen der Glühbirne blendeten uns. Wolken von Rauch hingen unter der Decke. Wir blinzelten uns an.

Als ich mich wieder setzte, stand Hai auf, schritt zum Herd und bereitete Wasser für einen Tee vor. Er sagte: »Das wird uns guttun.«

Nasse Tapfen von unseren Schuhen führten quer über den Fußboden wie die Spuren von Tieren. Über einige stieg feiner Dampf empor. Die Küche war warm genug, um sie auszutrocknen.

Ich fragte: »Was mit dem Schuß an der Tankstelle war, könnt ihr euch nicht erklären?«

»Hör von dem Schuß auf«, antwortete Edel. »Willst du uns nervös machen?«

Hai sagte: »Es tut mir leid, daß ich nicht zurückgeschossen habe.«

»Soll das heißen, daß du eine Waffe hast?«

Hai schob den Deckel über den Wassertopf. »Natürlich.«

»Wo?«

»Sie hängt jetzt im Gang neben dem Spiegel.«

Edel richtete sich auf. »Bring die Waffe sofort aus dem Haus!«

»Warum?«

»Es ist zu gefährlich.«

Ich sagte: »Ich habe auch eine Pistole.«

»Wo?«

»Unter dem Sofa!«

Hai lachte. »Töten können sie uns nur einmal.«

»Bring das Zeug sofort aus dem Haus!« sagte Edel.

Hai trat zum Sofa, kniete nieder und schob seinen Kopf unter das Gestell. Er suchte eine Weile herum, danach richtete er sich wieder auf. Er sah mich an. »Ich wußte gleich, daß du keine Waffe hast. Leider habe ich auch keine.«

Edel wandte den Kopf zur Seite. »Was heißt: leider?«

»Ich wollte euch nur daran erinnern, daß wir alles gemeinsam getan haben.«

»Ich verstehe.«

Edel lehnte sich zurück und starrte zur Decke.

»Ihr seid durcheinander«, sagte ich.

»Es ist besser, die Dinge auszusprechen, als sie nur zu denken.«

Das Wasser am Herd begann zu kochen. Hai wollte hinüber. Bis zur Mitte der Küche kam er, da läutete die Glocke. Edel zuckte zusammen. Als das Gerassel abbrach, sahen wir uns an. Das Wasser brodelte, und die Gasflammen rauschten.

»Wer ist das?«

Edel sagte: »Schaltet das Licht aus.«

»Nein.«

Wir rührten uns nicht. Das Wasser brodelte weiter. Die Glocke begann aufs neue. Der Ton klang hastig.

Edels Stimme flüsterte: »Vielleicht deine Leute?«

»Es weiß niemand, wo ihr wohnt.«

Ich stand auf, knöpfte meinen Mantel zu, schlug den Kragen hoch und schritt zur Tür.

»Wohin willst du?«

»Aufmachen!«

Die Treppe lag im Dunkeln, ich benutzte kein Licht. Am Geländer tastete ich mich hinunter. Auf dem Podest vor Frau Wotjeks Wohnung knarrten die Dielenbretter. Die Glocke läutete noch zweimal, bis ich vor der Tür stand. Ich wollte durch das Sehloch blicken, schob die Klappe zurück: Eine menschliche Pupille starrte mich an: Die Klappe rutschte mir aus. Es klickte. Die Tür ließ sich nicht geräuschlos öffnen. Als ich sie einen Spalt breit zurückzog, schob sich ein Schuh dazwischen. Ich sah ein Bein mit einem Nylonstrumpf. Er glänzte im Dunkeln.

Ich fragte: »Was willst du?«

»Sie haben einen von Hais Leuten erschossen«, antwortete Olga.

»Komm rein!«

Olga trug ein Tuch über den Kopf. Wassertropfen glitzerten auf ihrem Gesicht. Ich dachte, es hätte geregnet, aber es war Schweiß.

»Wen?«

»Den Kellner.«

Ich nahm sie bei der Hand und zog sie durchs Dunkle die Stufen hinauf. An der Treppe war ein Lichtschimmer. Oben klappte die Tür. Olga schob im Gang das Kopftuch zurück. Wir stiegen schweigend hinauf. Vor dem Spiegel zog sie ihren Mantel nicht aus. Wir traten in die Küche. Edel saß auf dem Sofa. Der Tisch stand vor ihm. Er hatte sich die Decke um die Beine gewickelt. Hai lehnte am Schrank. Das Wasser auf dem Herd brodelte noch.

»Wie ist das passiert?« fragte Hai.

Olga strich mit der linken Hand über den Türpfosten. »Der Fahrer des Jeeps ist schwer verletzt.«

Hai sagte: »Erzähle der Reihe nach.«

Olga ließ den Kopf nach vorn sinken. Sie atmete heftig. Ich hielt ihr eine Zigarette entgegen.

»Jetzt nicht, Rob.«

»Erzähle«, sagte Hai.

»Ich weiß es nur von Davis. Jemand hat gesehen, daß der Kellner ein Tuch an den Wagen gebunden hat. Als das

Schießen begann, jagten sie mit ein paar anderen Wagen hinaus. Derjenige, der das mit dem Tuch gesehen hatte, auch. Der Fahrer lag bei der Autobahnschleuse auf der Betonbahn. Dem anderen ist nichts passiert. Ein Wagen kehrte um und fuhr zurück zur Tankstelle. Der Kellner war ahnungslos.«

Olga sprach nicht weiter. Das Wasser am Herd brodelte und zischte. Unter der Decke sammelte sich der Dampf. Die Nässe schlug sich an die Wände, und im Lichte begann sie zu glitzern. Ringsum an den Mauern lief ein rosa Streifen, der ins Bläuliche überging wie die hellen Farben bei einem Regenbogen, bevor er sich in Nichts auflöst.

»Komm zum Schluß«, sagte Hai.

Olga blickte ihn an. »Das habe ich gesehen.«

»Was?«

»Einer drehte ihm den Arm um, damit er reden sollte. Aber er riß sich los, und als er durch die Tür sprang, rannten sie ihm nach. Draußen begannen sie dann zu schießen.«

Olga hustete.

»Hat er was geredet?«

»Nein. Er war gleich tot.«

Olga drehte sich zur Seite. »Gib mir jetzt die Zigarette.«

Ich hielt ihr die Packung entgegen und gab ihr Feuer. Die Flamme und meine Hand zitterten. Hastig wandte ich mich ab, trat zum Herd und drehte den Gashahn zu. Das Brodeln des Wassers hörte auf.

Hai sagte: »Es war also tatsächlich nur noch einer in dem Jeep! Wenn wir geschossen hätten, wäre es gutgegangen.«

Edel räusperte sich. »Du vergißt deinen Maschinisten.«

Hai zog eine Zigarette aus der Tasche, zündete sie an und begann zu rauchen. Den Qualm blies er zur Decke. Eine dünne Wolke. Edel, auf dem Sofa, wischte sich über die Stirn.

Von der Lampe fiel ein Schatten auf den Tisch. Er hatte die Form eines Kreuzes.

»Ihr müßt hier weg«, sagte Olga.

Hai blickte sie an. »Unsinn.«

»Doch. Sie werden alle Mädchen verhören, dann haben sie euch.«

»Du wirst nicht verhört werden. Du bleibst hier.«

»Es handelt sich nicht um mich«, sagte Olga.

»Um wen sonst?«

»Um Katt!«

Hai hob die Hand und wischte mit ihr etwas Unsichtbares aus der Luft.

»Die weiß nichts«, sagte er.

»Sie weiß genug.«

Ich sagte: »Edel war leider unvorsichtig.«

Hai nahm die Zigarette aus dem Mund und blickte auf Edel. »Hast du was mit ihr gehabt?«

Edel hob die Schultern.

»Nicht, wie du denkst«, sagte ich. »Er hat sie beschimpft und dummerweise in ihrem Beisein nach dir gefragt.«

»Deshalb müßt ihr weg«, sagte Olga. »Ich kenne Katt!«

»Wo ist sie jetzt?«

»Sie war nicht da. Sie ist mit einem Leutnant in ihre Wohnung gegangen.«

Edel blickte mich an, schlug die Augen nieder und zog an den Enden der Decke an seinen Füßen.

»Ist sie noch dort?« fragte Hai.

»Sicher.«

»Wo wohnt sie?«

Olga sagte: »Nicht weit von hier!«

»Was sollen wir tun, Robert?« fragte Hai.

»Bis auf die Straße könnte ich sie herunterlocken«, sagte Olga. »Wenn du mitgehst, Rob?«

»Das ist gut«, antwortete Hai. »Geh mit ihr!«

Ich trat zum Sofa, nahm von der Seite meine nassen Schuhe weg, fuhr hinein und knöpfte meinen Mantel zu.

»Nimm was mit!« sagte Hai.

»Was?«

Hai schritt vom Küchenschrank quer durch den Raum zum Herd und bückte sich dort nach dem Feuerhaken. »Hier«, sagte er. »Wenn du ihr kräftig hinters Ohr schlägst, kann sie nicht einmal schreien.«

»Wie meinst du das?« Ich sah ihn an.

»Willst du alles nur halb machen?«

»Kommt darauf an, was du unter *ganz* verstehst?«

»Sie ist nur eine Nutte!«

»Dann geh du mit Olga!«

»Einverstanden!«

»Nein!« rief Olga. »Mit ihm gehe ich nicht!«

Ihre Hände hatten rückwärts nach dem Türpfosten gegriffen. Die Fingernägel krallten sich in das Holz.

»Du willst nicht?« fragte Hai.

»Mit dir gehe ich nicht!«

Edel rückte mit einem plötzlichen Ruck den Tisch näher zu sich.

»Geht schon«, zischte er. »Macht schnell!«

Er hielt die Tischplatte an beiden Seiten fest. Ich sah, daß sich auch seine Fingernägel in das Holz krallten. Es drückte die Adern aus seinen Handrücken.

»Gehen wir!« Ich griff nach Olgas Arm und zog sie neben mir mit hinaus.

Die Treppe hinunter mußte ich sie schieben. Ihr Haar war vor meinem Mund. Sie roch nach Regen und Feuchtigkeit. Meine Hand lag auf ihrer Schulter. Ich spürte mit den Fingern ihre Haut am Hals. Sie zitterte.

»Bitte sei ruhig«, sagte ich. »Es wird nichts geschehen.«

Sie antwortete: »Ihr seid furchtbar!«

Die Stiegen knarrten. Auf dem Podest hielt ich sie mit beiden Händen vor mir.

Unten wurde sie dann ruhiger. Ich schloß die Haustür hinter uns ab, und sie zog mich auf der Straße nach rechts. Wir schritten unter den kahlen Kastanien entlang.

Schwarze Schatten hingen über uns herab, gleich einem schwankenden Baugerüst. Die Nacht war nicht mehr so dunkel wie der Abend. Einige Sterne blinkten. Die Wolken hatten sich verzogen. Mein Schuh klirrte gegen einen Stein.

»Wenn eine Streife kommt!« flüsterte Olga. »Wir benehmen uns wie ein Liebespaar.«

Ich mußte lächeln. Es kam keine Streife. Wir gingen fünfhundert Meter unter den Kastanien entlang und bogen dann nach links in eine Straße zwischen Einfamilienhäusern ab. Den Namen der Straße kannte ich nicht. Namen konnte ich mir schlecht merken. Jedes Haus stand in einem Garten. An den Zäunen wuchsen Hecken. Sie wirkten wie dicke Mauern.

Ein Stern strahlte genau über uns. Er war hell und sprühte. Sein Licht flackerte auf dem dunkelblauen Untergrund des Himmels. Die Entfernung zu ihm war endlos.

»Ich habe genug Geld«, flüsterte Olga.

Es sah aus, als bewege sich der Stern über uns genauso wie wir.

Während ich zu ihm hinaufsah, fragte ich: »Was meinst du damit?«

»Wir brauchen nicht zurück, Rob. Morgen früh könnten wir mit dem ersten Zug wegfahren.«

»Ich verstehe dich nicht.« Ich senkte meinen Blick und sah auf Olgas Gesicht.

»Du schläfst heute bei mir, Rob. Morgen früh fahren wir fort.«

»Nein.«

»Ich kann überall Geld verdienen. Ich werde so viel verdienen, daß es für uns beide reicht, Rob.« Auf Olgas Gesicht glitzerte der Schein von den Sternen. »Nicht wie du denkst, Rob. Mit anderer Arbeit.«

»Das geht nicht, Olga«, sagte ich.

»Zu dritt kommt ihr nicht durch.«

»Führt dieser Weg zu Katts Wohnung?« fragte ich.

»Nein, Rob.«

Ich sagte: »Bitte, führe mich den richtigen Weg.«

Olga blieb stehen. Sie suchte im Dunkeln nach meinen Händen und hielt mich fest. »Hast du nicht gehört, was Hai wollte?«

»Was?«

»Für ihn bin ich nichts, Rob. Heute Katt, morgen ich. Ich habe Angst vor Hai.« Sie drückte meine Hände. »Und auch vor Edel und dir!«

»Das brauchst du nicht!« Ich wollte mich losmachen.

»Doch, Rob.«

»Ich bin da. Das genügt!«

»Rob. Wenn du nicht wärst, stände ich nicht hier.«

Mit Gewalt befreite ich mich von ihren Händen. »Führe mich jetzt zu Katt. Wir haben keine Zeit zu verlieren.«

»Was geschieht mit ihr?«

»Nichts!«

Olga berührte meine Schulter und wandte sich um. Wir gingen die gleiche Straße wieder zurück. Wir gingen hundert Meter, dann bogen wir links ein. Die neue Straße war schmaler. In einem Garten bellte ein Hund. Er rannte neben uns am Gartenzaun entlang und war wütend. Der sprühende Stern lag jetzt ein kleines Stück vor uns. Als ich mich umdrehte, sah ich, daß es nicht der gleiche Stern war. Es gab drei sprühende Sterne.

»Noch ein paar Schritte«, sagte Olga. »Sie wohnt dort vorn.«

Alle Häuser lagen im Schatten. Die Leute im Parterre hatten ihre Fenster vernagelt. Wenn man genau hinsah, erkannte man die Bretter. Die Straße führte endlos geradeaus.

»Hier ist es«, flüsterte Olga.

Das Haus hatte nur zwei Stockwerke. In den Fenstern brannte kein Licht. Die Gartentür war angelehnt. Als wir hindurchgingen, quietschte sie. Durch die Hecke strich ein leichter Windhauch.

»Sie ist nicht mehr da«, sagte ich. »Alles ist dunkel.«

Olga antwortete: »Wenn man einen Mann nicht liebt, macht man doch bestimmt das Licht aus.«

Wir schritten über den Kiesweg bis zur Haustür. Unsere Schuhe knirschten auf den Steinen. Ich bemühte mich, mit Olga gleichzeitig aufzutreten. Eine kleine Tanne stand im Finstern wie ein Mensch. Am Haus drückte ich mich an die Mauer. Mein Mantel und die Wand besaßen die gleiche Farbe. Außerdem stand ich im Schatten.

»Was willst du tun?« fragte Olga.

»Hol sie herunter.«

Olga tastete in der Türnische nach einer Glocke. Im Stockwerk oben hörte man sie anschlagen. Es klang gedämpft. Eine Weile rührte sich nichts, dann klirrte ein Fenster.

Olga rief gedämpft: »Katt!«

»Was ist los?«

»Komm mal runter!«

»Du kannst raufkommen«, erklärte Katt. »Ich bin allein.« Ihre Stimme klang durch die Nacht.

»Dann zieh dich an und komm herunter. Ich brauche jemanden!«

»Wofür?«

»Geschäft!«

»Okay.«

Das Fenster klirrte wieder. Ein Lichtstrahl sprang auf.

Er kam aus dem Fenster. Der eckige, gelbe Fleck fiel auf den Kiesweg. In der Ferne schlug der Hund an.

Ich flüsterte: »Vielleicht geht sie mit dir bis zu unserem Haus. Das wäre das Sicherste.«

»Vielleicht.«

Wir warteten keine fünf Minuten, da erlosch das Licht, und ein wenig später erklang hinter der Tür ein Geräusch. Dann trat Katt heraus. Sie war im Mantel und stellte sich mit dem Rücken zu mir.

»Was ist los?« fragte sie.

»Ich hätte zwei Jungens«, sagte Olga. »Aber einen kann ich nur fertigmachen. Komm mit.«

»Wohin?«

»Sie haben sich was gemietet. Es ist nicht weit von hier.«

Katt fragte: »Wie alt?«

»Beide über vierzig.«

»Was Junges wäre mir lieber, da hätte man auch etwas davon.«

»Also gehst du nun mit oder nicht?« Olgas Stimme klang nervös.

»Klar!«

Sie schritten nebeneinander über den Kiesweg. Ich stand an der Mauer, ohne mich zu rühren. An der Gartentür klimperte Katt mit ihrem Schlüssel. Hinter sich verschloß sie die Tür. Einen Augenblick lang sah ich ihr Gesicht als weißen Fleck.

»Heute hatte ich einen Leutnant«, sagte sie laut. »Leider beginnt um Mitternacht sein Dienst. Wir konnten nicht viel anfangen.«

»Mach schnell«, antwortete Olga.

Sie verschwanden in der Dunkelheit. Ich lief neben dem Kiesweg auf dem Rasen entlang. Der Zaun war nicht hoch, und ich kletterte darüber. Ein Stück vor mir gingen die beiden. Sie sprachen nichts mehr. Die Sterne leuchteten. Aber es war trotzdem dunkel.

10

ALS ICH KATT in die Küche schob, war Edel nicht da. Seine Decke lag zerknüllt auf dem Sofa. Der Tisch stand schräg davor. Hai lehnte mit einem Hammer in der Hand am Fenster. Über den Boden rollten ein paar Nägel.

»Tag, Katt«, sagte Hai.

Katt sah mich an. »Als du plötzlich erschienst, dachte ich mir gleich, daß hier keine Amerikaner sind.«

Sie zog ihren Mantel aus und legte ihn über die Stuhllehne. Der Mantel war kürzer als ihr Kleid. Damit das Kleid nicht unter dem Mantel heraushing, trug sie einen Gummigürtel. Der hielt es hoch. Sie öffnete den Gürtel und legte ihn auf den Mantel.

Ihre Lippen waren nicht geschminkt. Sie zog aus ihrer Manteltasche eine Dose mit einem Lippenstift und malte sich an. Ihre Lippen wurden blaßrot.

Ich blickte zum Herd. Der Feuerhaken hing an der vernickelten Stange. Er baumelte lautlos hin und her.

»Zigarette?« fragte Katt.

Hai nahm eine Packung Zigaretten vom Tisch und hielt sie ihr entgegen. Sie schminkte sich noch immer.

»Zünde sie mir an!«

Hai schob sich die Zigarette zwischen die Lippen. Er brannte sie an, zog einmal an ihr, dann schob er Katt die

Zigarette in den Mund. Olga, die an der Tür stand, sah ihnen zu.

»Wie seid ihr auf den Gedanken gekommen?« Katt schob ihre Dose weg. Sie stellte den rechten Fuß auf den Stuhl. Ihr Rock rutschte zurück. Den Arm mit der Zigarette stützte sie auf das Bein. So rauchte sie weiter.

Hai sagte: »War nicht viel zu denken.«

»Also, wer ist mein Partner?«

Katt nahm ihren Fuß wieder vom Stuhl. Sie drehte sich in der Hüfte. Dabei blickte sie erst auf Hai und dann auf mich.

Olga sagte: »Ich glaube nicht, daß du heute noch zu einem Partner kommst.«

»Was soll das heißen?«

Hai antwortete: »Wir wollten dich nur ansehen, weiter nichts.«

»Sind die Burschen pervers, Olga?«

Hai schlenderte durch die Küche auf die Tür zu und lehnte sich mit dem Rücken dagegen. Er hielt noch immer den Hammer in der Hand.

»Du wirst ein bißchen bei uns bleiben«, sagte er. »Auf dem Sofa dort kannst du schlafen.«

»Nackt, oder wie?«

»Hör auf«, sagte Hai. »Hier ist kein Bordell.«

»Das verstehe ich nicht.«

»Das ist auch nicht notwendig.«

Olga erklärte: »Dann kann ich jetzt gehen. Wenn ihr wollt, komme ich...«

»Du bleibst auch da«, sagte Hai.

»Nein! Ich gehe!«

Olga drehte sich zur Seite und wollte auf die Türklinke drücken. Hai schlug nach ihrer Hand. Es war ein brutaler Schlag. Sie zuckte zurück.

»Laß mich raus!«

»Nein!«

Ich sagte: »Olga, bitte bleib. Ich bitte dich darum.«

»Wozu?«

»Es ist besser so!«

Katt rief: »Da hast du uns ja was Schönes eingebrockt, meine Liebe! Wollt ihr mir nicht erklären, was los ist?«

»Erzähl's ihr!«

Olga zuckte mit den Schultern. »Sie haben einen amerikanischen Jeep überfallen. Es hat nicht geklappt. Jetzt sucht man sie.«

»So«, erklärte Katt befriedigt. Sie lächelte. »Hoffentlich haben sie den dritten Mann schon. Meinen besonderen Freund.«

»Nein«, antwortete Hai. »Der liegt im Schlafzimmer und ruht sich aus.«

»Interessant? Wie lange?«

»Bis morgen früh. Ihr schlaft hier, und ich hole euch jetzt was zum Zudecken.« Hai betrachtete mich, dann wandte er sich um und trat zur Tür hinaus. Den Hammer nahm er mit.

Von außen drehte er den Schlüssel um. Das Schloß sprang ein.

»Bist du auch schon Gefangener, Robert?« fragte Katt.

Ich gab keine Antwort und ging von der Tür weg und langsam zum Fenster hinüber. Die Nägel blinkten auf dem Fußboden. Als ich das Fenster betrachtete, sah ich, daß es zugenagelt war. Hai hatte es so gründlich getan, daß man es ohne Werkzeug nicht mehr öffnen konnte.

Mein Gesicht gegen die Scheiben gedrückt, sah ich hinaus. An diesem Fenster gab es kein Spalier. Hier konnte man nur aufs Pflaster springen und sich das Rückgrat brechen. Die Dunkelheit draußen war fast undurchdringlich.

Ein schwarzer Ast hing zum Haus herüber wie der Querbalken von einem Galgen. Sein Ende war zum Greifen nah am Fenster. Ich bildete mir ein, er bewege sich. Aber es bewegte sich nichts.

»Was zahlt ihr, wenn ich bleibe?« fragte Katt hinter mir.

»Nichts«, sagte ich.

»Das ist kleinlich. Eine Nacht mit halbem Umsatz.«

Ich drehte mich um. »Du hattest ohnedies keinen Kunden!«

»Sieh mal an!« Katt kicherte. »Wie er alles mitkriegt!« Ihr Gesicht blieb ausdruckslos.

Von draußen wurde der Schlüssel wieder umgedreht. Das Schloß knackte. Hai kam herein. Er trug eine Pferdedecke unterm Arm. Die Decke war nicht sauber und hatte Löcher, wir benutzten sie sonst nur zum Einwickeln von Edels Bildern.

»Mehr war nicht da«, sagte er. »Das muß reichen.« Er warf die Decke aufs Sofa. In eine Ecke war ein faustgroßes Loch hineingebrannt. Die Ränder des Loches waren ausgefranst und verkohlt.

Katt fragte: »Habt ihr wenigstens was zu trinken hier?«

»Nein.«

»Gebt mir was zu trinken«, sagte Katt, »und ich zeige euch meinen schöngewachsenen Körper.«

Ich sah sie an. Ihr Gesicht blieb steif. Wenn sie sprach, bewegten sich nur die geschminkten Lippen. Drüben trat Hai zum Gasherd, stellte sich mit dem Rücken zu ihm und schob seine Arme nach hinten.

»Habt ihr noch etwas von dem Whisky da, Robert?« fragte er.

»Mal nachsehen!«

Ich schritt zum Küchenschrank und öffnete die Tür. Zwischen dem Geschirr stand noch eine halbvolle Flasche. Ich nahm sie heraus.

»Wußte gleich, daß euch mein Körper interessiert«, sagte Katt.

Hai antwortete: »Aber ohne Wasser trinken!«

»Was dachtest du?«

Ich reichte Katt die Flasche. Sie trank gierig. Ihr Gesicht verzog sich nicht. Die Flüssigkeit pulsierte durch ihre Kehle. Sie hielt den Kopf nach hinten. Ihr Haar glänzte auf dem Rücken. Dann richtete sie sich auf und hielt Olga die Flasche entgegen.

»Du auch?«

»Nein.«

Hai sah Olga an. »Du solltest aber auch trinken.«

Seine Stimme klang freundlich. Er stand noch immer mit den Händen auf dem Rücken vor dem Gasherd. Olga schüttelte den Kopf.

Hai nickte zu mir hinüber. »Ihm zuliebe!«

»Mir zuliebe braucht Olga nicht zu trinken«, sagte ich.

»Wie du willst.«

Katt setzte die Flasche wieder an. Sie trank hastig fast die Hälfte des Inhalts, dann stellte sie die Flasche auf den Tisch und drehte sich um sich selbst. Ihr Rock war weit. Er flog auseinander. Sie trug keine Hose.

»Habt ihr Musik?« Sie hielt inne.

»Nein.«

»Schade, ich hätte euch eine Entkleidungsszene vorgetanzt.«

»Kannst du dir sparen.«

»Dann eben nicht!« Katt hob die Schultern. »Da will man ein paar Kriegsverlierern mal was zugute kommen lassen, und dann paßt es ihnen nicht!«

Hai befahl: »Legt euch aufs Sofa!«

»Aber doch nicht in Kleidern!«

»Halte das, wie du willst.«

Katt schlenderte aufs Sofa zu. »Olga, hilf mir mein Kleid ausziehen.«

Ich trat zur Tür. Wir hatten uns nicht angesehen, Olga und ich. Die Tür schloß ich hinter mir, und drinnen hörte ich Katts Stimme: »Na, Hai, gehst du nicht mit?«

»Ich werde euch zudecken«, antwortete er.

Sie begannen drinnen, den Tisch zu verrücken. Durch die geschlossene Tür konnte man es hören. Im Gang drehte ich das Licht an und stopfte meine Pfeife. Neben dem Treppengeländer ging ich auf und ab. Auf dem Holz lag Staub. Im Vorbeigehen betrachtete ich mein Gesicht im Spiegel. Über die Nase lief ein Kratzer, den ich mir im Gebüsch an der Schleuse geholt hatte. Ich trat zur Gasuhr und wollte mir ansehen, ob sie sich abschrauben ließ, dabei sah ich, daß jemand das Gas abgesperrt hatte. Eine Weile starrte ich den Hebel an. Es dauerte einige Zeit, bis es mir klarwurde. Vielleicht eine Minute. Als Hai aus der Küche trat, stand ich schon neben der Tür.

»Ich schlafe gleich hier«, sagte er. »Damit die Mädchen keine Dummheiten machen!«

Mit der Hand wies er unbestimmt auf den Boden.

In der Küche war es bereits dunkel. Er wollte die Tür abschließen.

»Einen Augenblick«, sagte ich. An Hai vorüber drückte ich mich durch die Tür. Im Düstern konnte ich nicht viel sehen. Die Mädchen lagen auf dem Sofa. Ich schritt zum Gasherd. Mit den Fingern tastete ich über die Hähne. Sie standen alle offen. Lautlos schloß ich sie wieder und trat zurück zur Tür. Die beiden hinter mir schwiegen. Ihr Atem ging gleichmäßig. Eine von ihnen drehte den Kopf zu mir. Als ich im Gang stand und die Tür geschlossen hatte, lehnte Hai am Geländer. Das Licht der Glühbirne warf einen gelblichen Schein auf sein Gesicht. Er betrachtete seine Finger. Als ich schwieg, hob er langsam den Kopf.

»Du willst hier schlafen?« fragte ich.

»Ja, es ist besser.«

Ich sagte: »Das ist nicht notwendig. Leg dich zu Edel. Ich bleibe hier.«

»Aber nicht doch, Robert.« Er trat vom Geländer zur Seite. »Es ist deine Wohnung. Bitte gib mir etwas zum Sitzen und einen Mantel. Einer muß hierbleiben!«

»Ja, ich.«

Hai sagte: »Du gehst ins Bett.«

»Nein.«

Er schüttelte den Kopf. »Wir werden uns deswegen nicht streiten, Robert.«

»Nein! Du legst dich zu Edel, und die Sache ist erledigt!«

Ich sah mir sein Gesicht an. Er sah aus wie immer. Das gelbe Licht machte ihn etwas blasser.

»Gut, Robert«, sagte er. »Dann löse ich dich später ab. Das ist nur gerecht.«

»Du wirst mich nicht ablösen, weil ich hierbleibe«, sagte ich, »bis die Mädchen aufwachen!«

»Das verstehe ich nicht.«

Ich schritt zur Gasuhr, griff nach dem Hebel und riß ihn auf. Hai sprang hinter mir auf mich zu, stieß mich zurück und schob den Hebel wieder herum. Er sah mir in die Augen.

»Du kannst den Hahn ruhig offenlassen«, sagte ich. »Sie hören nichts mehr.«

»Warum?«

»Weil ich die Hähne am Herd wieder zugedreht habe!«

Hai preßte seine Lippen zusammen. Er griff nach meinem Arm. Ich sah in sein Gesicht, und sein Blick wich mir nicht aus.

»Komm mit«, sagte er.

Wir traten hintereinander ins Atelier hinüber und schlossen die Tür zum Gang. An einer Leine hingen die nassen Kleider im Dunkeln. Die Bäume im Garten rauschten.

»Ich wollte es allein machen, Robert«, sagte Hai. »Es geht dich nichts an.«

»Das geht uns alle an!«

Hai griff nach seiner Brusttasche im Jackett. Er zog eine Zigarette heraus. Die Flamme des Feuerzeuges beleuchtete sein Gesicht.

Ich sagte: »So etwas mache ich nicht mit!«

»Weil du Olga liebst?«

»Nein«, sagte ich.

»Robert, was mischst du dich dann ein?«

»Weil es uns alle trifft.«

Hai hustete. »Wenn uns die Amerikaner jetzt bekommen, stellen sie uns bestenfalls an eine Mauer.«

»Mir war das schon vorher klar.«

Hai antwortete: »Mir eigentlich nicht so richtig.«

»Scheint so.«

»Wir müssen jetzt alles bedenken.« Hais Blick war auf die Tür zum Gang gerichtet.

»Ich glaube nicht, daß sie reden«, sagte ich.

Von der Schlafzimmertür her dröhnte ein Schlag. Er war dumpf. Edel hatte etwas von innen dagegengeworfen. Es rollte über den Boden. Wir schritten hinüber, öffneten die Tür und traten ein. Der Raum lag im Dunkeln, aber die weißen Bettücher leuchteten. Mit dem Fuß stieß ich gegen einen Schuh. Ich schob ihn beiseite. Auf dem Fußboden gab es keinen Belag. Der Beton strahlte Kälte aus. Mich fröstelte.

»Worüber streitet ihr euch eigentlich?« fragte Edels Stimme aus der Finsternis.

»Katt ist in der Küche«, sagte ich.

»Man hat's gehört.«

»Hai will die Mädchen mit Gas vergiften.«

Eine Weile blieb es still. Ich hörte Hai atmen. Er stand neben mir. An seiner Hand glühte der rote Punkt der Zigarette. Ein Bett knarrte. Edel sagte mit sonderbarer Stimme:
»Und wohin wollt ihr die Leichen bringen?«

Meine Hand strich am Bettrand entlang. Das Holz klebte an der Haut. Ich trat einen Schritt zurück. Mit dem Rücken preßte ich mich gegen den Schrank. Er knarrte.

»Habt ihr eine Jauchegrube beim Haus?«

»Da mußt du Robert fragen.«

»Hört auf!« schrie ich. »Noch ein Wort und...«

»Was, Robert?«

»Und zwischen uns ist alles aus!«

Es blieb still. Hai schob seine Zigarette zum Mund. Ich bewegte mich ein wenig, und der Schrank knarrte wieder.

Edel flüsterte: »Was soll werden?«

»Wir können die Mädchen ein paar Tage hierbehalten«, sagte ich. »In zwei Tagen geht es dir besser, dann verschwinden wir.«

»Und die Mädchen?«

»Lassen wir dann laufen!«

»Einverstanden«, antwortete Hai. »Aber wenn er in zwei Tagen noch nicht weg kann?«

Ich sagte: »Bis dahin wird uns ein Ausweg einfallen.«

Hai warf seine Zigarette auf den Boden. Er zertrat die Glut. Ein paar Funken sprühten. Ich schritt zur Tür, ging durch das Atelier, kam in den Gang und setzte mich neben der Küchentür auf den Fußboden.

Nach einer halben Stunde schlief ich ein.

11

ALS ICH ERWACHTE, war es noch dunkel. Meine Hände zitterten vor Kälte. Den rechten Arm hatte ich gegen die Mauer gepreßt, und er schmerzte. Langsam richtete ich mich auf. Vom Schlaf noch trunken, tastete ich mich durch die Finsternis zur Gasuhr. Das Geländer an der Treppe bestand nur aus Schatten. Die Wand war ein heller Fleck, und das Gehäuse der Uhr fühlte sich kalt an. Ich zog den Hebel vom Hahn und steckte ihn ein, dann öffnete ich leise die Tür zur Küche. Hier war es wärmer. Katt lag auf dem Sofa, aber allein. Olga hatte sich in die Pferdedecke gehüllt und am Boden neben dem Schrank zusammengerollt. Unter ihrem Kopf lag ein Kissen. Halb im Schlaf blickte ich auf sie herab.

Als ich mich umwandte, hing Katts Hand wie ein Schatten vom Sofa. Ich ging langsam hinüber und schob sie zurück. Auf dem Gestell war noch Platz. Die Müdigkeit erfaßte mich aufs neue, und ich kletterte über Katt hinweg und legte mich an ihrer Seite nieder.

Die Decke verhüllte ihren Körper, aber sie reichte nur bis zu den Knien. Ihre Beine lagen da wie leblos.

Im Traum kehrte ich zurück in den Graben am polnischen Abschnitt von Monte Cassino, und die Granaten hatten den toten Kindern die Kleider vom Leibe gerissen, und wir bedeckten ihre Blöße mit Zeltplanen, aber die Planen waren zu kurz, und nachts kamen Ratten und nagten das Fleisch von den Beinen, und wenn sie satt waren, pfiffen sie. Sie bevorzugten Fleisch von Waden, und die Verwesten rochen süßlich wie Leuchtgas, und Katts Wärme drang auf mich ein. Sie war noch nicht tot, und ich zog meinen Mantel über sie, und damit sie nicht herunterfiel, legte ich den Arm um ihre Hüfte. Ihr Hemd hatte sich während des Schlafens verschoben, und mit dem Kopf auf ihrer Schulter schlief ich weiter. Manchmal war es Olga, die ich in meinen Armen hielt, und niemand entgeht seinen Wünschen, und sie beherrschen unser Leben, und die Hälfte unseres Schicksals liegt immer in uns selbst, und Olga war nackt, und wir hielten uns umklammert, und als ich ihren Hals mit Küssen bedeckte, rief mich jemand an, davon wachte ich auf. Vor mir stand Hai.

»Du Schwein«, sagte er.

Ich blinzelte. Die Küche war taghell. Meine Hand lag auf Katts Körper. Am Herd rauschten Gasflammen. Katts Hemdträger waren herabgeschoben.

Hai lächelte mich an.

»Du bist nicht bei Sinnen«, sagte ich. Das Rauschen vom Herd klang mir in den Ohren. Ich stand auf. Über Katt kletterte ich hinweg, sprang durch die Küche und trat in den Gang. Der Hahn der Gasuhr war geöffnet. Den Hebel dazu fühlte ich in meiner Tasche. Als ich wieder in die Küche kam, wusch ich mir am Ausguß die Hände. Das kalte Wasser tat mir gut.

»Wie spät ist es?« fragte Katt.

Sie lag noch auf dem Sofa, gähnte und reckte ihre nackten Arme.

»Keine Ahnung.«

Katt schob ihre Füße vom Sofa auf den Boden herunter. Die Seidenstrümpfe hingen in Falten an ihren Beinen. Sie stand im Licht. Ihre Haut war grau. Die Poren im Gesicht glänzten fettig.

Hai sagte: »Es ist Mittag!«

Seinem Gesicht konnte ich nichts anmerken. Er ging zum Herd, goß warmes Wasser in unsere Schüssel, brachte die Schüssel herüber und stellte sie vor Katt auf den Tisch.

»Wasch dich, aber mach schnell«, sagte er.

»Was dachtest du?« Katt rollte ihr Hemd bis zur Hüfte herab und tauchte das Gesicht ins Wasser.

Neben dem Schrank richtete sich Olga auf und blinzelte zum Fenster. Sie war blaß. Trotzdem wirkte sie ganz anders auf mich als Katt. Daß ich mich jemals vor ihr ekeln würde, konnte ich mir nicht vorstellen.

Hai sagte: »Damit ihr es gleich wißt: Heute lassen wir euch noch nicht gehen. Erst übermorgen!«

Katt tauchte aus der Schüssel auf. Sie drehte sich suchend um. Ich warf ihr mein Handtuch zu, sie fing es auf.

»Du bist verrückt, Hai!« Katt schritt zum Sofa und hob ihre Kleider auf.

Hai schüttelte den Kopf. »Fühlt euch hier wie zu Hause«, sagte er. »Damit die Zeit vergeht, könnt ihr uns verwöhnen. Etwas Anständiges zu essen wäre nicht schlecht.«

»Ich hab' was Besseres vor.« Katt zog ihre Kleider über.

»Was denn?«

»Zu gehen!«

»Wie du willst, Liebling!« Hai kam vom Herd herüber. Knapp vor Katt blieb er stehen. Sie hatte beide Hände vor der Brust und wollte dort ihr Kleid schließen. Trotzdem blieb ihr keine Zeit, das Gesicht zu bedecken. Hai schlug zu. Sie taumelte zur Seite.

»So!« Hais Stimme klang befriedigt. »Von jetzt an kannst du es dir aussuchen. Wenn du wieder eine willst, brauchst du dich nur zu melden.«

»Manieren herrschen hier!« sagte ich. »Wie in einer Boxbude!«

Katt strich sich mit der rechten Hand über die Stirn. An ihrer Schläfe war ein Kratzer. Etwas Blut rann über ihr linkes Auge. Schweigend wischte sie es ab.

»Bist du verletzt?« fragte ich.

»Nein, Robert. Nur aufgewacht.«

Olga stand vom Boden auf, sprach nichts, rollte ihre Decke zusammen und streifte ihr Kleid über. Sie kam zum Ausguß. Neben mir begann sie, sich zu waschen. Das Wasser spritzte. Für die Zähne benutzte sie das nasse Handtuch. Ihr Oberkörper war über den Ausguß nach vorn geneigt, das kurze Kleid spannte sich über dem Rücken. Hai stand da. Er betrachtete ihre Beine. Ich stellte mich zwischen ihn und Olga, da sah er mich an.

»Wie geht es Edel?« fragte ich. Meine Stimme klang unsicher.

»Gut.«

»Hat er Schmerzen?«

»Nein. Wenn die Mädchen fertig sind, trag' ich ihn herüber.«

»Soll ich helfen?«

Hai hob die Hände und betrachtete seine Fingernägel. »Das möchte ich dir nicht zumuten. Du bist noch geschwächt.«

»Wovon?«

Hai schwieg, und Olga war fertig. Als sie an mir vorüberschritt, trug sie das Handtuch über der Schulter. Neben mir zog sie es herunter. Sie ließ es auf den Boden fallen, blieb dabei stehen und wartete. Ich sah sie an, bückte mich und hob es auf.

»Redest du nicht mehr mit mir, Rob?« fragte sie.

»Warum nicht?«

»Guten Morgen, Rob!«

»Guten Morgen!« Ich hob die Schultern.

»Redet nicht von Morgen«, mischte sich Hai ein. »Jetzt ist Mittag!«

Er wies mit dem Zeigefinger auf seinen Magen. Olga schritt zum Küchenschrank und machte dort etwas zurecht. Hai wandte sich um, lief durch die Küche und verschwand. Hinter ihm schnappte das Schloß ein. Olga und Katt blickten mich an.

»Du mußt uns hier rauslassen«, sagte Olga.

Ich ging zum Herd und drehte die Gasflammen kleiner. Der Feuerhaken hing noch an seinem Platz. Auf dem Eisen klebte Ruß, aber der Griff glänzte. Er war verchromt. Der Rand bestand aus einem Viereck. Als Ende besaß er einen runden Knopf. Der Knopf hatte ein wenig von seinem Glanz verloren. Rings um ihn liefen Kratzer.

Olga fragte: »Bist du stumm?«

»Nein.«

»Also, was ist?«

»Es geht nicht«, sagte ich.
»Fürchtest du dich vor Hai?«
»Es ist nicht wegen Hai.« Ich gab dem Feuerhaken einen Stoß. Er baumelte hin und her.
Katt sagte: »Ich habe für alles Verständnis, aber nicht dafür, daß man mich schlägt.«
»Es tut mir leid.«
»Läßt du uns jetzt gehen, Rob?«
»Ich werde mit Hai noch mal darüber sprechen.«
»Wann?«
»Gleich!«
Ich ging zum Ausguß und begann mich auszuziehen. Den Pullover und das Hemd. Mein Gesicht wusch ich kalt. Als ich in den Gang trat, um den Spiegel zum Rasieren zu holen, hörte ich im Schlafzimmer Edel und Hai sprechen.

Ich rasierte mich noch, als Hai mit Edel auf dem Rücken hereinkam. Edels Haare hingen in die Stirn. Er war im Hemd, und an seiner linken Wade baumelte der Verband. Katt und Olga blickten auf sein Bein. Im Spiegel sah ich ihre Gesichter. Hai ließ Edel auf das Sofa nieder.

»Guten Morgen!« Edel blickte sich um. Er hustete. Er sah Katt an, als erwarte er von ihr eine Antwort.

»Angeschossen?« Katt hatte sich die Lippen geschminkt. Es war ihr nicht gelungen. Der Mund stand schief.

Edel lächelte: »Ja, aber kein wertvoller Körperteil verletzt!«

»Schade«, sagte Katt.

Olga schritt wortlos zum Sofa, schob die Decke beiseite, legte das Kissen zurecht. Als sich Edel zurücklehnte, deckte sie ihn zu.

»Habt ihr irgendwas für ein Mittagessen?« fragte Hai.

Olga trat zum Küchenschrank. »Ich werde nachsehen, was sich machen läßt.«

Ich war mit meiner Rasur fertig. Hai schob mich zur Seite. Er begann sich zu waschen. Er gehörte nicht zu den Männern, die sich täglich rasieren müssen. Er benötigte viel weniger Zeit als ich.

Katt hatte inzwischen das Bild an der Wand betrachtet. Es wurde ihr langweilig. Sie holte sich Zigaretten aus ihrem Mantel, setzte sich neben Edel aufs Sofa und gab ihm auch eine. Die beiden saßen nebeneinander und rauchten.

»Würdest du vielleicht reden, Rob?« fragte Olga.

»Warum?«

»Weil du es uns versprochen hast!«

»Ach, ja.« Ich sah Hai an. »Wollen wir die Mädchen nicht gehen lassen. Es wäre besser!«

Hai begann, vor sich hin zu pfeifen, dann brach er plötzlich ab.

»Wie oft wechselst du in vierundzwanzig Stunden eigentlich deine Meinung, Robert?« fragte er.

»Wenigstens Olga«, antwortete ich. »Olga ist sicher!«

Hai lachte. »Jetzt beginne ich zu begreifen!«

»Was?«

»Sie wird dir unbequem. Du bist heute nacht auf den Geschmack gekommen.«

Olga warf mir einen flüchtigen Blick zu. Ich kniff meine Lippen zusammen.

»Was soll das heißen?« fragte Edel.

»Nun, hör mal!« Hai sah Edel an. »Die beiden haben sich im Dunkeln ganz schön amüsiert.«

»Wer?«

»Er und Katt!«

»Rede doch keinen Unsinn!« rief ich.

»Was?« Hais Stimme klang schadenfroh. »Ich bin doch nicht blind. Als ich reinkam, hatte er sie jedenfalls ganz fachmännisch im Griff.«

»Du spinnst«, sagte ich.

»Was Besseres fällt dir nicht ein?«

Ich blickte Katt an. »Nun sag doch du was dazu!«

»Ich bin niemandem Rechenschaft schuldig.« Katts schiefer Mund hatte sich geöffnet und schloß sich wieder. Ihr Gesicht blieb unbeweglich.

Edel rief überrascht: »Das ist doch nicht möglich!«

»Ach!« Hai lachte mir ins Gesicht. »Wenn du früh in ein Zimmer kommst und einer liegt auf dem Sofa und hat ein nacktes Mädchen im Arm, dann braucht mir niemand zu erzählen, was los war.«

»Verdammt!« Ich drehte mich zum Herd. Olga hantierte mit den Töpfen. Sie zeigte mir ihren Rücken.

»Da gibt es nichts zu verdammen«, sagte Hai.

»Olga!« Ich trat neben sie. Von der Seite blickte ich auf ihr Gesicht. »Glaubst du das?«

»Mir ist es doch gleich, Rob.«

Ich sah Hai an. »Nimm das blöde Geschwätz zurück! Du weißt gar nicht, was du hier kaputtmachst!«

»Warum soll ich es zurücknehmen?«

»Weil du lügst!«

»So«, sagte er. »Dann lüge ich eben. Aber ich habe gesehen, wie du es mit Katt hattest. Damit Schluß!«

»Warum erzählst du so etwas?«

»Weil du Olga nicht abschieben sollst!« Hai blinzelte. »Was glaubst du, wie ein Mädchen auf so etwas reagiert. An deiner Stelle wäre ich nicht mehr so sicher.«

»Schade, daß wir zwei nicht allein sind«, erklärte ich.

»Warum?«

»Ich würde dir die Fresse zerschlagen!«

Edel rief: »Seid still! Das geht zu weit jetzt!«

»Glaubst du das von mir und Katt?«

Edel hustete. »Natürlich nicht.«

»Verdammt, glaubst du Hai mehr als mir?«

»Aber hör doch davon auf. Wir drei gehören zusammen.«

»Die Kameraden sind gefallen«, antwortete Hai. »Trau niemandem, und du lebst länger!«

»Hauptsache, du lebst besser!« rief ich.

»Auf jeden Fall besser als ihr!« Hai ging zum Fenster, lehnte sich dagegen und sah hinaus. Das Glas war beschlagen. Er sah bestimmt nichts.

Ich lachte gehässig. »Im Bierkeller!«

»Werde nicht kindisch!«

Edel hob die Hand. »Seid still. Ihr seid beide kindisch. Wenn ihr kindisch werdet, seid ihr gräßlich.«

»Denke nicht«, antwortete Hai, »daß es ein Zeichen von Kindlichkeit ist, wenn mir jemand die Fresse zerschlagen will.«

»Aber es könnte dir nicht viel passieren. Du hast gute Beziehungen zu Zahnärzten«, sagte ich.

Edel richtete sich auf. Er sah mich an.

»Ja«, sagte ich. »Bin schon ruhig.«

Katt legte ihm die Hand auf die Schulter. Sie drückte ihn zurück. Ihr Gesicht war maskenhaft wie immer.

Neben mir öffnete Olga die amerikanischen Büchsen, die sie zu der Feier mit Hai gebracht hatte. Vier Stück waren noch übrig. Auf dem Herdblech lag ein Löffel. Sie wollte ihn wegnehmen, da faßte ich nach ihrer Hand.

»Olga, glaubst du das von mir?«

»Das ist doch nicht wichtig, Rob.«

»Für mich schon.«

Olga zog ihre Hand zurück. »Du kannst dich trotzdem auf mich verlassen.«

Ich sagte: »Olga, du kannst jetzt gehen. Es wird dich niemand daran hindern.«

»Vielleicht doch«, sagte Hai.

Olga blickte mich an. Ich sah ihre Wimpern. Es waren lange schwarze Wimpern, und über den Augenlidern lagen ein paar kleine Fältchen. Sie sagte: »Was willst du jetzt, Rob? Soll ich gehen oder nicht?«

»Mein Gott!« rief ich. »*Du* wolltest doch hier weg! Es war doch nicht mein Gedanke!«

»Wäre es dir lieber, wenn ich hierbliebe, Rob?«

»Natürlich!« Ich sah die Wand an. Die Wand war feucht, und ein Riß lief quer über sie hinweg.

»Dann bleibe ich bei dir«, sagte Olga.

»Und das mit Katt?« fragte ich.

»Ich glaube dir mehr als Hai. Genügt das?«

»Olga, ich würde dir auch mehr glauben als Hai.«

Ich sah von der Wand weg und blickte Hai an. Er musterte mich vom Fenster aus, aber Gedanken konnte ich nicht lesen.

Eine halbe Stunde später saßen wir am Tisch. Es gab amerikanische Bohnen in deutscher Mehlsuppe. Die Suppe war dick. Olga hatte sie mit Paprika angerührt, sie war ein wenig rötlich und so scharf, daß man es gerade noch vertragen konnte. Wir saßen zu viert und schwiegen. Edel war als erster fertig. Er blickte uns der Reihe nach an. Er sah jedem ins Gesicht und jedem auf die Hände, und nach einer Weile fiel es auf.

»Was suchst du eigentlich?« fragte ihn Hai.

»Ich will mir das alles merken, für später.«

»Warum?«

»Weil ich uns so malen will.«

»Wie?« fragte Olga.

»So, wie wir hier essen.«

Katt sagte: »Na, das Bild wird aber bestimmt keiner kaufen.«

»Sag das nicht. Später kann so was mal ganz interessant sein.«

Katt wischte sich den Mund ab. »Später? Wann?«

»Ich weiß nicht«, sagte Edel. »Irgendwann. Wenn man sich an diese vor die Hunde gegangene Generation erinnern wird. Falls man sich je erinnern wird.« Er lehnte sich zurück.

»Ohne mich!« Ich stand auf, mein Teller schlug um, und es klirrte.

Olga stand auch auf. Wir blickten auf den Tisch. Katt zündete sich eine Zigarette an. Als sie brannte, reichte sie die Zigarette Edel. Diese Zigarette rauchten sie gemeinsam. Sie hielten das durch bis zum Ende.

12

NACHMITTAGS GESCHAH NICHTS. Hai spielte mit Edel Schach. Die erste Partie verlor Hai, dann verlor Edel zweimal, und später gab es Remis. Eine Stunde sah ich ihnen zu. Hai opferte gern Figuren. Das fiel mir auf. Er war kein guter Spieler.

Olga und Katt nähten. Sie saßen auf dem Fußende des Sofas, Hai hockte neben Edel, und ich saß auf dem Stuhl; deshalb sah ich Olgas Gesicht von der Seite.

Als es dämmrig wurde, machten wir das Licht an. Die Gasflammen rauschten ununterbrochen seit Mittag. Gegen sieben Uhr machte uns Olga Brote mit Marmelade. Wir tranken dazu amerikanischen Kakao. Er war mit Wasser gekocht und schmeckte nach nichts. Daran trug Olga keine Schuld. Nach dem Essen spielten Edel und Hai noch eine Partie. Später erklärte Olga, sie wolle einmal gegen Hai spielen. Ich war überrascht, denn ich dachte, Olga kenne Schach überhaupt nicht.

Es dauerte eine Stunde, dann hatte Hai verloren. Sie gab ihm ein Revanche, aber nach einer halben Stunde brach er dieses Spiel ab. Als ich mir die Figuren ansah, war seine Lage aussichtslos. Es ging auf zehn Uhr, die Küche hing voll Zigarettenrauch. Damit er abzog, öffnete ich die Tür.

»Denke, wir gehen jetzt ins Bett«, sagte Hai.

»Habe nichts dagegen«, sagte Edel.

Hai stand auf und sah mich an. Er fragte: »Schläfst du wieder hier?«

»Ja. Aber es wäre mir lieber, ihr nähmt Katt mit zu euch.«

»Drüben haben drei leicht Platz. Bist du einverstanden, Katt?«

»Warum nicht? Einverstanden.«

»Damit wäre die Gefahr für ihn überwunden«, sagte Hai.

»Wenn Olga will«, antwortete ich, »dann könnt ihr Olga und mich ab heute als verlobt betrachten.«

In der Küche wurde es still. Sie hielten den Atem an. Die einzige, die mich nicht ansah, war Olga. Sie blickte auf den Boden. Ich hatte das Gefühl, sie sei erstarrt. Über den Boden zog der Rauch der Zigaretten. Die Schwaden hingen einen Fußbreit über den Brettern. Sie waren dünn, und ich sah durch sie hindurch wie durch einen Schleier. Ein wenig zitterten sie in der Wärme.

»Olga?« fragte endlich Katt. »Willst du?«

Olga antwortete nicht. Am Herd knackte das Blech. Die Zigarettenschwaden vor mir teilten sich.

»Du«, sagte Katt. »Das war ein ernster Antrag! Darauf darf man nicht schweigen.«

Olga blickte auf und sah mich an.

»Nein?« fragte ich.

Olga saß auf dem Stuhl. Sie drehte sich mit dem Gesicht zur Lehne, hob den Arm vor die Augen. Ich schritt hinüber. Meine Hand strich über ihr Haar. Es war meine linke Hand. Sie griff nach ihr und drückte sie ans Gesicht. Als sie bemerkte, daß es meine linke Hand war, suchte sie die andere. Sie zog meine zerschossene Hand an sich und drückte sie gegen ihre Lippen. Die Zähne gruben sich in meine Haut. Ich spürte keinen Schmerz.

Katt fragte: »Darf man jetzt gratulieren?«

»Du darfst«, antwortete Hai.

»Dann alles Gute!« Katt kam herüber. Sie strich über Olgas Haar und drückte meinen Arm.

»Kommt auch zu mir«, sagte Edel. »Laßt euch mal schütteln.« Es sollte herzlich klingen. Er gab sich wirklich Mühe.

Hai räusperte sich. »Bevor ich gratuliere...«

»Ach, hör doch von diesem Unsinn auf!« rief Katt.

Hai trat zu mir und hielt mir seine Hand entgegen. Er sah mir in die Augen. »Auf gute Freundschaft!«

»Mit wem?«

»Mit deiner Braut und dir!«

Ich ergriff zögernd seine Hand. Sie war heiß. Zu Olga sagte er nichts. Er trat zum Fenster.

»Nun mußt du aber lachen!« rief Katt.

Olga wandte sich um. Sie lächelte. Ihre Wimpern waren feucht, und die Augen glänzten.

Edel sagte: »Tragt mich jetzt raus. Das junge Paar will allein sein. Außerdem habe ich Kopfschmerzen.«

Hai sah zu ihm hinüber und rührte sich nicht. Er zog nur ganz langsam eine Zigarette hervor.

»Los, mach schon!« rief Edel.

Hai klemmte sich die Zigarette hinters Ohr, trat zum Sofa, bückte sich herunter und hob Edel auf. Über der Schulter trug er ihn hinaus. Katt ging hinter ihnen her. Bevor sich hinter ihr die Tür schloß, riefen sie uns nacheinander »*Gute Nacht*« zu. Das Schloß knackte. Olga streichelte meinen Arm. Wir sahen uns an.

»Zufrieden?« fragte ich.

»Ist das der richtige Ausdruck, Rob?«

»Glücklich?«

Olga fragte: »Liebst du mich?«

Sie stand auf und ließ mich los. Wir standen uns gegenüber. Als ich die Arme um sie legen wollte, beugte sie sich zurück.

»Was ist los?«

»Nicht so«, sagte Olga.

»Wie?«

»Ich will mich erst waschen, Rob. Ich will alles abwaschen, verstehst du? Es ist das einzige, was ich tun kann.«

»Es ist unwichtig. Wir wollen nie mehr davon sprechen. Ich habe es vergessen. Ab heute habe ich es für immer vergessen.«

»Ich will mich trotzdem erst waschen, Rob. Bitte mach das Licht aus.«

Ich trat zur Tür und drehte das Licht ab. In der Küche wurde es dämmrig. Vom Herd leuchteten die Gasflammen. Der Feuerschein zuckte über die Decke. Am Schrank flimmerte die Luft. Licht und Geräusche waren gedämpft. Am Ausguß stand Olga. Sie kleidete sich aus.

»Leg dich aufs Sofa, Rob.«

Sie drehte das Wasser auf. Ich trat zum Sofa, entkleidete mich, legte mich nieder und zog mir die Decke bis zum Hals. Olga wusch sich. Das Haar hatte sie zurückgelegt, es hing über ihren Rücken. Im Zwielicht glänzte ihr Körper.

»Bitte, dreh dich mit dem Gesicht zur Wand, Rob.«

Ich wandte mich um. Das Wasser plätscherte. Auf meinen Schenkeln kratzte die Decke. Mir war heiß. Es dauerte einige Minuten, dann kam Olga herüber. Erst als sie neben mir lag, drehte ich mich um. Wir blickten beide zur Decke. Unsere Schultern berührten sich. Keiner von uns sprach.

An der Decke flackerte der Schein der Gasflammen. Olga bewegte sich nicht. Es war unerträglich. Behutsam strich ich über ihren Arm. Sie kam mir nicht entgegen.

»Willst du nicht?« fragte ich.

»Doch, Rob.«

Unsere Hände fanden sich. Wir umklammerten unsere Finger. Olgas Atem ging schneller. Eine Weile kämpften wir mit den Händen, dann zog ich sie auf mich.

»Rob, bist du jetzt glücklich?« fragte Olga.

»Warum?«

»Weil du gar nichts fragst.«

»Muß man fragen?«

Olga flüsterte: »Der Mann fragt die Frau. Du bist mein Mann. Du mußt mich fragen.«

»Wie war es?« sagte ich.

»Dafür gibt es keine Worte.«

»War ich gut?«

»Ich habe noch nie...«

Ich streichelte Olgas Hand. »Was, Liebste?«

»Rob, ich habe nie gewußt, daß es so sein kann.«

»Ist das wahr?«

»Ich war auch gut. Gibt es eine andere Frau, die besser war als ich?«

»Du warst meine erste Frau.«

Olga flüsterte: »Warum belügst du mich, Rob?«

»Ich lüge nicht.«

»Nein, Rob?«

»Wir wollen schlafen.«

Mein Schlaf war traumlos. Ich schlief fest und tief. Der Ton einer Glocke schlug an mein Ohr.

Es war ein dünner Ton. Eigentlich klang es nicht wie eine Glocke, sondern wie Pfeifen. Der Pfiff begleitete mich im Schlaf. Er wurde leiser und verklang. Einige Zeit blieb er aus. Mein Schlaf wurde unruhig, und ich öffnete meine Augen. Plötzlich wurde ich wach. Die Gasflammen waren erloschen. Ich lauschte.

»Olga?«

Ihr Atem ging gleichmäßig. Sie wachte nicht auf. Als ich mich erhob, faßte ich in ihr Gesicht. Unter meinen Füßen knackte der Boden. An der Wand entlang tastete ich mich zum Herd. Meine Hände berührten die Hähne. Das Metall war noch warm. Über die Brenner gebeugt, prüfte ich die Luft. Sie roch süßlich.

»Was tust du?« fragte Olga. »Komm zu mir.«

Ihre Stimme klang verträumt. Mit der Zunge leckte ich über meinen Zeigefinger. Er wurde feucht. Ich hielt ihn gegen eine Düse. Sofort wurde die Haut an der Kuppe kalt. Deutlich spürte ich das Gas. Ich schloß die Hähne. Leise trat ich zur Tür.

»Rob?« Olga drehte sich zur Seite. Im Dunkeln hörte ich das Geräusch. Als ich die Klinke niederdrückte, knackte das Schloß. Die Scharniere quietschten, während ich über die Schwelle trat. Vor mir lag der Gang wie ein schwarzes

Loch. Einen Schritt trat ich zur Seite, da stieß ich gegen einen Körper.

»Entschuldige«, sagte Hai. »Es tut mir leid, aber Edel hat Fieber. Etwas Tee wird ihm guttun.«

In der Finsternis stand ich nackt an seiner Seite. Die Kälte kroch über meinen Rücken. Als ich zu sprechen begann, zitterte meine Stimme.

»Warte hier, bis ich dich rufe«, sagte ich. Ich schlug die Tür hinter mir zu. Mitten in der Küche blieb ich stehen und wischte mir den Schweiß von der Stirn. Im Dunkeln suchte ich meinen Mantel.

»Komm doch, Rob.« Olga atmete tief ein und stieß die Luft aus.

»Edel hat Fieber«, sagte ich. »Hai will einen Tee zubereiten.« Mein Mantel hing am Schrank. Ich zog ihn über und schlug den Kragen auf. Der Stoff schabte an der Haut. Ich schritt zur Tür und drehte das Licht an. Die Decke reichte Olga nur bis zur Brust. Ihre Haare hingen ihr ins Gesicht. Sie blinzelte mich an.

»Bitte, leg dich richtig zurecht«, sagte ich. »Hai braucht dich nicht so zu sehen.«

Sie strich sich die Haare zurück und zog die Decke bis zum Hals. Ich wartete, bis sie fertig war, dann öffnete ich die Tür.

»Du kannst reinkommen, Hai«, sagte ich.

»Ihr müßt verzeihen«, antwortete er. »Aber Edel braucht dringend einen Tee.« Er sah uns nicht an, ging schnell zum Schrank, griff nach einen Topf und schritt zum Ausguß. Er drehte den Hahn weit auf. Das Wasser sprühte. Er war im Hemd, es hing über seine Hose.

»Ist es schlimm?« fragte Olga. Sie richtete sich ein wenig auf.

»Womit?« Hai wandte sich nicht um.

»Mit Edel«, sagte Olga.

Hai schüttelte den Kopf. »Nein!«

»Kann ich etwas tun?«

»Nein, nein«, antwortete er. »Bleib nur liegen!« Er zeigte uns noch immer den Rücken und begann zu pfeifen. Das Wasser im Topf rann über. Er ging mit ihm zum Gasherd und setzte ihn nieder. Sein Feuerzeug rußte. Er hielt es an die Düsen, drehte das Gas auf, und es puffte. Die Flammen brannten stark und hell.

Ich sagte: »Ziemlicher Druck.«

»Ja. In der Nacht ist der Druck stärker als bei Tag.«

»Komisch«, sagte ich.

»Nein, ganz natürlich«, sagte er. »Bei Tag wird doch mehr verbraucht.«

Er drehte sich um, zog aus seiner Hosentasche eine Zigarette heraus, schritt zum Stuhl. Dort schob er Olgas Wäsche beiseite und setzte sich nieder.

»Darf ich rauchen?«

Olga sagte: »Natürlich, mach es dir nur bequem.«

»Ihr seid nett zu mir«, sagte er.

Olga antwortete: »Sind wir doch immer.« Sie zog einen Arm unter der Decke hervor, legte die Hand vor den Mund und gähnte.

»Ich werde inzwischen mal nach Edel sehen«, sagte ich.

Hai vollführte eine hastige Bewegung mit seiner Zigarette. »Ach, das ist nicht notwendig.« Er sah mich an. Die

Zigarette fiel auf den Boden, und er mußte sie aufheben. Ich drehte mich um und ging hinaus.

Draußen lag der Gang noch im Dunkeln. Durch den Gang lief ich ins Atelier. Auf dem Boden lag Nässe. Meine Füße wurden feucht. Hinter mir leuchtete das Licht aus der Küche. Katt lag auf meinem Bett, das Gesicht in den Kissen vergraben. Sie schlief. Edel lag in seinem Bett, mit dem Gesicht nach oben, und atmete in kurzen Stößen. Ich trat näher und befühlte in der Düsternis seine Stirn. Der Kopf war heiß, aber er wachte nicht auf. Nachdem ich die Schlafzimmertür hinter mir wieder leise geschlossen hatte, lief ich zurück. Während der paar Schritte durch das Atelier schlug mir die Kälte ins Gesicht. Auf der Klinke der Gangtür lag Rauhreif. Ich trat wieder in die Wärme der Küche.

»Wie geht es ihm, Rob?« fragte Olga.

»Edel schläft.«

Hai fragte: »Er schläft?«

»Ja.«

»Dann ist es gut, dann brauche ich den Tee nicht mehr.« Er stand auf, schob den Topf vom Herd, kam zurück und ging zur Tür.

»Gute Nacht, Eheleute«, sagte er. Die Tür warf er zu, als wäre es Tag. Ich stand am Tisch, und Olga blickte herüber.

»Komm jetzt, Rob!«

»Ja, gleich!«

»Starr nicht so, Rob. Nimm den Mantel ab und komm jetzt zu mir!« Ich drehte das Licht aus und hing meinen Mantel an den Schrank. Neben Olga legte ich mich nieder. Ihre Nähe beruhigte mich, aber ich blickte zur Decke. Nach einer halben Stunde schlief sie ein. Ihre Lippen hatte sie gegen meine Brust gepreßt. Die Müdigkeit erfaßte mich erst, als es hell wurde.

13

ES WAR EIN NOVEMBERTAG wie jeder andere. Die Sonne kam nicht heraus. Für einen Selbstmord war es das geeignetste Wetter. Ununterbrochen wehte der Wind. Er kam über den Schloßpark herüber und schmeckte nach Ruß vom Bahnhof Pasing. Bei den Wiesen am Nymphenburger Kanal peitschte er die Erde. Altes Heu flog durch die Luft. Von unserem Fenster aus wirkte es wie ein Sandsturm.

Edel blieb im Schlafzimmer. Er lag im Bett und hatte wirklich Fieber. Eine Weile ging ich zu ihm.

Seine Finger waren heiß, aber er fröstelte. An seiner Stirn spürte man die Hitze. Der Raum roch nach Moder. Zwischen Bett und Fenster stand eine Konservendose voll Urin. Ich kippte ihn hinaus in den Garten. Die frische Luft tat gut, deshalb ließ ich das Fenster offen. Aber ich fror bald und schloß es wieder. Mit dem Rücken lehnte ich mich an den Schrank. Edel lag vor mir. Seine Kinnladen bewegten sich. Er schnappte nach Luft. Ich dachte nach. Es dauerte einige Zeit, bis mich seine Stimme erreichte.

»Robert, in dem Wasser habe ich mich erkältet«, sagte er.

»Ja, das mit dem Wasser war blöd. In der Dunkelheit hätten wir überhaupt nicht reinzusteigen brauchen.«

Edels Hände lagen auf dem weißen Laken. Er zog sie zurück unter die Decke. »Glaubst du, daß ich so weg kann?«

»Mach dir darüber keine Sorgen.« Ich sah durchs Fenster hinunter auf den Garten. In den Pfützen lag das Laub. Der Zaun hinter den Stämmen glich einem Gitter.

»In der Wunde habe ich keine Schmerzen.« Edel öffnete den Mund und schluckte. »Im Kopf. Mein Kopf ist aus Blei. Und mit dem Hals stimmt es auch nicht.«

Ich fragte: »Wie ist das mit dem Kopf?«

»Mein Gott, eben Kopfschmerzen. Ziemliche Kopfschmerzen!«

Der Wind bewegte im Garten die kahlen Äste eines Strauches. An seinem Holz glänzten Tropfen. Ein verfaultes Blatt baumelte im Luftzug. Unsichtbare Fäden hielten es fest, aber plötzlich riß es ab, wirbelte über die Erde und versank in einer Pfütze.

»Wir werden sehen«, sagte ich, »ob wir etwas finden, das dir hilft.«

Edel warf sich auf die Seite. »Ach, es ist doch nichts da, Robert.«

»Aber es gibt etwas zu kaufen«, antwortete ich.

Edel schüttelte den Kopf. »Deswegen darfst du nicht aus dem Haus. Das ist zu gefährlich.«

»Da ist nichts dabei!«

»Robert, bleib lieber hier. Es ist besser, wenn du hierbleibst.«

Ich fragte: »Redest du jetzt nur so vor dich hin, oder meinst du etwas Bestimmtes?«

Edel hatte seine rechte Hand unter seinen Kopf geschoben. Er rieb sich den Nacken. »Etwas Bestimmtes meine ich nicht. Das mit Olga hast du ja geregelt.«

»Zwischen mir und Olga ist alles in Ordnung!«

Edel zog die Hand hinter dem Nacken hervor. Er schob sie unter die Decke. »Hält sie zu uns?«

»Warum?«

»Nur so. Geh jetzt in die Küche. Vielleicht kann ich schlafen.«

»Schlafen ist immer gut«, sagte ich. »Heute nacht ließen wir dich auch schlafen.«

»Warum? Gab es einen Grund zum Aufwecken?«

»Nein«, sagte ich. »Nur wegen dem Tee?«

»Was für ein Tee?«

»Du hast heute nacht einen Tee verlangt, aber dann schliefst du.«

»Davon weiß ich gar nichts.« Edel zog seine Hand hervor und steckte sie unter die Decke. Mit seiner linken Hand griff er zum Hals. Er rieb sich wieder den Nacken.

»Also, dann schlaf gut«, sagte ich. »Später werden wir wieder hereinsehen.« Ich wollte gehen, vor der Tür hielt ich nochmals inne. »Warum reibst du dir eigentlich immer deinen Nacken?« fragte ich.

»Warum?« Edel blickte mich an und dachte einen Augenblick nach. »Er ist steif vom Liegen, Robert!« Er schloß die Augen und verbarg sein Gesicht im Kissen. Ich trat hinaus. Durch das Atelier, durch den Gang, in die Küche. Ich öffnete die Tür. Zigarettenrauch hing über dem Boden. In der Küche standen sie alle am Fenster: Katt, Olga und Hai.

Auf der Straße mußte etwas vorgehen. Etwas Unangenehmes. Denn sie standen nicht da, als beobachteten sie etwas zum Vergnügen.

»Was ist los?« fragte ich.

Hai trat einen Schritt zurück. »Amerikaner!«

Ich fragte: »Wollen sie zu uns?«

»Vielleicht!« Hais Stimme ging unter im Gerassel der Glocke. Olga sah mich an. Katt machte eine rasche Wendung. Sie wollte zur Tür, Hai packte sie am Arm, und sie flog herum. »Ein Wort«, flüsterte Hai, »und...«

»Gangster!«

Hai hielt Katt noch an der Hand. Er drückte ihren Arm nach hinten, schob ihn nach oben. Katts Hand lag auf ihrem Rücken zwischen den Schulterblättern. Sie beugte sich nach vorn, um den Druck auszugleichen. Hai wandte sich an Olga. »Halte deine Freundin! Wenn sie sich rühren will, kugelst du ihr den Arm aus!«

Die Glocke rasselte. Es war unangenehm. Das Gerassel hörte überhaupt nicht mehr auf.

»Tu es, Olga!« sagte ich.

Olga trat nach vorn und ergriff Katts Hand. Hai ließ los.

»Wirst du mit ihr fertig?« fragte ich.

Olga antwortete: »Kümmere dich nicht darum!«

Katt reckte den Kopf in die Höhe. »Robert!«

»Ja?«

»Ich wollte bestimmt nur zu Edel!«

»Laß sie los!«

Olga ließ Katts Hand fahren. Ich öffnete die Tür. Hai wartete, bis ich sie durchschritten hatte, erst dann kam er heraus und verriegelte hinter sich den Schnapper des Schlosses. Das Gerassel der Glocke brach plötzlich ab.

Hai fragte: »Was wollen wir tun?«

»Du – nichts!« sagte ich.

»Aber!«

»Geh in die Garage«, sagte ich. »Zieh die Stangen bei der Tür raus, dann verschwinde!«

»Sehr großzügig von dir!«

Wir stiegen schnell die Treppe hinab. Auf dem Podest wartete ich, bis Hai voraus war, dann ging ich hinter ihm. An der Kellertür drehte er sich um.

»Warum willst du mich los sein, Robert?«

»Nach Erklärungen ist mir jetzt nicht zumute.«

»Besser, ich bleibe hier!« Er stellte sich neben die Haustür und drückte sich in die Ecke. »So, jetzt tu was«, flüsterte er. Er stand im Türwinkel. Wenn ich öffnete, konnte man ihn nicht sehen. Ich schob den Schlüssel ins Loch, drehte um und riß die Tür auf.

Zwischen zwei amerikanischen Soldaten stand ein Mann in Zivil. Die drei sahen mich an. Der Zivilist hatte seinen Hut in den Nacken geschoben. Die beiden Soldaten hielten ihre Arme auf dem Rücken. »Heißen Sie Robert?« fragte der Zivilist.

Ich trat einen Schritt zurück. »Das ist mein Vorname.«

»Geht in Ordnung!« Der Zivilist schob sich vor. Damit er nicht über die Schwelle kam, trat ich auch vor. Einen Augenblick lang standen wir Brust an Brust. Er musterte mich.

»Du kommst mit«, sagte er geringschätzig.

»Denkst du?« Ich lächelte. Er trug amerikanische Militärschuhe, die Absätze waren schief getreten, aber er hatte zarte Hände.

»Soll ich übersetzen, was du gesagt hast?«

»Nicht notwendig!« Ich trat zur Seite, gleichzeitig zog ich den Schlüssel ab und stand draußen. Neben mir fiel die Tür zu.

Die beiden Soldaten waren lange Kerle. Sie betrachteten mich von oben. Der Zivilist sagte: »Besser, du nimmst deinen Mantel mit. Komm, öffne wieder. Vielleicht dauert es länger!«

Ich schloß wieder auf. Die Tür drückte ich weit zurück, aber Hai war nicht mehr da. Hinter mir drängelten die drei herein. Sie ließen die Tür offen. Ich trat schnell zu den Stufen. Als ich die Treppe hinaufging, kamen sie mir nach. Der Wind strich von der Tür durchs Haus. Während wir hinaufstiegen, begann einer von den beiden Soldaten zu pfeifen. Er pfiff »Lili Marleen«. Wir kamen hinauf. Oben im Gang hing mein Mantel. Neben dem Spiegel blieb ich stehen und zog ihn über.

»Wohnst du hier?« fragte der Zivilist.

»Denken Sie, ich nehme einen fremden Mantel?«

»Kann man nicht wissen.« Der Zivilist hob die Schultern. Er zeigte auf die Küchentür. »Mach doch da mal auf!«

»Wenn Sie neugierig sind?!« Ich ging zur Küchentür, drückte auf die Klinke und stieß dagegen. Die Tür öffnete sich nicht. Daß sie Hai verriegelt hatte, war mir entgangen. Während die drei mir zusahen, mußte ich den Schnapper zurückschieben. Die Tür schlug quietschend auf. Ich hielt die Luft an.

»Oh, was ist das?« rief der Zivilist.

Olga und Katt standen am Tisch. Sie hatten beide nur ihre Hemden an. Katt ließ ihre spitzen Brüste sehen. Ihr Haar war verwirrt.

»Wer ist das?« fragte der Zivilist.

»Meine Kusinen!«

Der Zivilist hob die Hand, er schob seinen Hut noch ein Stück weiter ins Genick. »His cousins«, erklärte er den Soldaten.

»You focken kracksacker!« schrie Katt. »Go out!«

Der Zivilist öffnete den Mund.

Katt schrie ihn an: »Go out, son of a bitch! Go out!«

Dem Zivilisten blieb der Mund offen.

»Hey boys!« schrie Katt die Soldaten an. »Take this dog out. Out with him!« Sie trat vor, reckte uns ihre Brüste entgegen und warf die Tür zu. Aus dem Rahmen zwischen Holz und Mauer rieselte der Sand. Katt schrie hinter der Tür weiter. Die Soldaten schüttelten die Köpfe. Der Zivilist spuckte gegen die Wand.

»Haben Sie genug gesehen?« fragte ich.

»Nein!« Der Zivilist drehte sich um, schritt durch den Gang und stieß mit dem Fuß die Tür zum Atelier auf. »Gehört das auch dir?«

»Ja.«

»Komm mit!« Er griff nach meinem Ärmel und zog mich ins Atelier. Wir schritten unter dem freien Himmel, auf den verregneten Brettern, bis zum Schlafzimmer. Drinnen waren die Betten zerwühlt. Zwei Hemden lagen auf dem Betonboden. Beide gehörten mir. Sauber wirkte das

Zimmer nicht. Der Zivilist sah mich an. »Bist du Bordellbesitzer?«

»Die eine ist meine Braut«, sagte ich. »Und die andere noch ein Kind.«

»Mit der Schnauze von einer alten Hure!« Der Zivilist beugte sich unter die Betten. Die beiden Soldaten lehnten an der Tür. Einer verknotete den aufgegangenen Riemen seines Schuhes. Der Zivilist richtete sich wieder auf. »Gehen wir!«

Ich in der Mitte, er vor mir, die beiden Soldaten hinter mir – so gingen wir zurück: durch das Atelier, in den Gang und die Treppe hinab.

Auf der Straße stand ein Jeep. Ihr vierter Mann saß am Steuer. Neugierig blickte er mir entgegen. Der Rücksitz des Jeeps war voll Öl. Die beiden Soldaten kamen zu mir, und der Zivilist stieg nach vorn. Die Haustür zu verschließen, hatte ich vergessen. Als der Motor ansprang, fror ich sofort; denn der Fahrtwind war eisig. Wir fuhren die Allee stadteinwärts. Erst an den Häusern mit den unversehrten Dächern vorüber, dann an den Ruinen vorbei. Am Rondell legte sich der Wagen so scharf in die Kurve, daß die Reifen pfiffen. Anschließend fuhren wir über den Romanplatz und in Richtung der Schule von Neuhausen. Wir fuhren an den mit Stacheldraht umzäunten Häusern entlang. Der Stacheldraht war mannshoch. Alle hundert Meter patrouillierte ein Posten mit umgehängtem Gewehr. Jeder Posten, an dem wir vorbeifuhren, blickte uns nach. An den Fenstern der Häuser tauchten Gesichter von Soldaten auf, die sich langweilten; auch sie blickten uns nach. Aus einem geöffneten Fenster hing eine Gardine. Sie wehte wie eine

Fahne. Alle Gesichter, die ich im Vorbeifahren erblickte, kauten.

Als wir die Schule erreichten, öffnete ein Posten die Schranke. Die Schranke gehörte zu einem Bahnübergang, aber sie hatten sie abmontiert, hier aufgestellt und frisch gestrichen. Das Ganze wirkte ziemlich bunt. Auf dem Hof standen Wagen, wir fuhren zwischen ihnen hindurch. Der Jeep hielt vor dem Portal. Früher hatten sich die Schulkinder im Sommer auf die Portaltreppe gesetzt, aber jetzt war Winter, und die Soldaten, die herumstanden, konnten sich nicht setzen, dafür war es zu kalt.

Die Amerikaner blieben im Wagen, der Zivilist stieg aus. Ich mußte vor ihm die Treppe hinauf. Über die Stufen im Haus kamen wir auf einen Gang. In den Fenstern fehlte das Glas, und der Wind wehte wie auf der Kommandobrücke eines Schiffes. Zwei Neger, die nach Bier rochen, gingen vorüber. An einer Tür machten wir halt. Der Zivilist ließ mich eintreten und schloß hinter mir ab. Ich war allein. Vor dem Fenster hing ein Gitter.

In der Mitte des Raumes stand ein Stuhl, auf den ich mich setzte. Das Zimmer war kahl und trostlos. Damit die Zeit verging, begann ich zu zählen. Ich zählte von eins bis viertausend. Es kam niemand.

Ich trat zum Fenster. Auf dem Hof parkten Armeefahrzeuge, und der Posten an der Schranke rauchte. Bei fünftausend lief draußen eine Frau vorüber, und der Posten rief ihr etwas zu. Sie stand auf dem Gehweg und kam zurück. Mit der Hand zeigte er ihr, sie solle sich um sich selbst drehen. Sie tat es. Er musterte ihre Figur, schüttelte den Kopf und schickte sie weiter. Ihr Gesicht war grau und maskenhaft.

Ich begann zu zittern. Der Raum war nicht geheizt. Damit mir wärmer wurde, ging ich an den Wänden entlang. Jemand schrie über den Hof. Plötzlich brach die Stimme wieder ab. Ich hockte mich wieder auf den Stuhl. Plötzlich öffnete sich die Tür, und der Zivilist steckte seinen Kopf herein.

»Kommen Sie mit!« befahl er.

Wir schritten wieder über den Gang. Ich sah keinen Menschen. Neben den Fenstern standen Schilder mit Zahlen. Dann standen wir wieder vor einer Tür. Irgend jemand rief von innen, und ich mußte eintreten. Der Zivilist kam nicht mit. In dem Raum stand ein Tisch. Hinter dem Tisch saß Davis.

Hier war wenigstens geheizt. Davis' Krawatte hing unordentlich um seinen Hals. Er stand auf und hielt mir seine Hand entgegen. Ich sah darüber hinweg.

»Was für ein Wiedersehen«, sagte ich.

Davis wies auf einen Stuhl vor dem Schreibtisch. »Take the chair!«

»Thanks!« Ich setzte mich.

Davis trat zum Fenster und sah hinaus. Auf dem Schreibtisch lag ein Wörterbuch. Es war geöffnet. Davis hatte darin gelesen. Offenbar lernte er Deutsch, ohne Olga zu bemühen. Ganz plötzlich drehte er sich um. »Uns hat gesehen somebody«, sagte er. »Du hast im Club gesprochen mit dem boy, der ist mitschuldig am attempt. Ich war gezwungen, zu nennen your name.«

»An was für einem Attentat?« fragte ich und blickte ihm ins Gesicht.

»Roby!« Davis drehte sich wieder gegen das Fenster. Ich schwieg, und er hob die Hand. Mit den Fingern trommelte er gegen das Glas. Er trommelte immer den gleichen Wirbel.

»Ist das alles?« fragte ich.

»Yes.«

»Das ist unangenehm!«

Davis brach sein Getrommel ab. »Not for you.«

»Warum?«

Davis drehte den Kopf zur Seite. »Roby, ich will heiraten Olga! Sie darf nicht kommen in diese Sache.« Er schlug wütend mit seinem Fuß gegen die Wand unter dem Fenster. Ein Stück Verputz sprang ab und zerplatzte am Boden.

»Olga muß draußen bleiben«, sagte ich.

Davis nickte. »Olga sonst für mich kaputt. You understand?«

»I take a joke.«

»Du darfst nicht sprechen über Olga!«

Ich lächelte. »Hätte ich nie getan.«

»Thanks!« Davis kam auf mich zu. »I'll help you. Komm!«

Er ging zur Tür. Bevor wir hinaustraten, rückte er seine Krawatte gerade. Wir gingen nebeneinander den Gang entlang. An der Tür wartete noch der Zivilist. Davis drückte ihn beiseite. Wir stiegen zum nächsten Stockwerk empor. Alle Soldaten, die uns entgegenkamen, grüßten Davis. Weiter oben hatte man die Fenster verglast, und ein Neger kehrte gerade den Schutt zusammen. Mir wurde warm.

An einer Tür standen Zahlen in roter Farbe; davor mußten wir warten. Davis gab mir eine Zigarette. Meine Pfeife hatte ich vergessen. Ich rauchte. Meine Zigarette war zur Hälfte verbrannt, da öffnete sich die Tür, und man rief uns hinein.

Eine Menge Stühle standen in dem Raum. Durch eine geöffnete Tür kamen wir in ein anderes Zimmer. Dort saß hinter einem Tisch ein Offizier. Er winkte uns zu sich. An der Seite des Raumes stand ein zweiter Tisch, und dahinter saß noch ein zweiter Offizier, aber das war kein Mann, sondern eine Frau. Auf den Schulterstücken trug sie Captainsabzeichen. Ihre Lippen waren stark geschminkt und ihre Haare noch stärker gebleicht. Sie sah nicht schlecht aus, doch die kleinen Fältchen in den Augenwinkeln verrieten ihr Alter. Sie blickte erst Davis an und dann mich.

»Is this the man?« fragte der Offizier am anderen Tisch. Er neigte sich nach vorn, und ich sah, daß er Major war.

Davis antwortete: »Yes.«

Die Frau zeigte mit der Hand auf mich. »Kommen Sie mal zu mir«, befahl sie.

Ich trat zwei Schritte zur Seite und stellte mich so, daß das Licht vom Fenster in meinem Rücken war. Ein Teppich lag unter meinen Füßen. Genau vor mir hatte jemand eine Zigarette fallen lassen und sie einfach auf ihm ausgetreten.

»Sie waren am 13. November, gegen neun Uhr abends, im Offiziersclub an der Autobahn«, erklärte die Frau. »Was taten Sie dort? Antworten Sie sofort!«

Ich drehte mich um und sah auf Davis.

»Reden Sie!« befahl die Frau.

»Ja«, sagte ich. »Das stimmt!«

»Tell!« befahl die Frau. »Tell!«

»Ich verstehe nicht!«

»Sie sollen sprechen!« schrie die Frau. »Was haben Sie dort gemacht?« Ihre roten Lippen klafften auseinander. Sie sah plötzlich gewöhnlich aus. Ihr Mund war zu groß.

»Madame«, sagte ich. »Erst trank ich ein halbes Bier, dann tanzte ich eine Weile, dann trank ich die andere Hälfte von dem Bier, und dann ging ich wieder.«

Der Major brüllte: »You think, we are stupid?« Er hieb mit der Faust auf den Tisch. Es knallte.

Ich sah ihn an. »Entschuldigen Sie«, sagte ich.

Der Major wandte sich an Davis. »What kind of German is this?«

»He is okay, Sir!«

Die Frau strich sich ein Haar aus der Stirn. »Was haben Sie mit dem Kellner hinter der Bar besprochen?«

»Nichts, Madame!«

»Aber Sie waren hinter der Bar?« fragte die Frau.

»Ja. Ich war in der Toilette.«

»Was haben Sie dort gemacht?«

»Madame«, sagte ich. »Das, was ein Mann auf der Toilette macht.«

Die Frau sah mich mißtrauisch an. »Und was haben Sie mit dem Kellner besprochen?«

»Er zeigte mir den Weg!«

»Ist das die Wahrheit?« fragte die Frau.

»Natürlich, Madame! Ich verstehe nicht?«

Davis sagte: »I bail for him!«

Die Frau zuckte mit den Schultern. Der Major zog eine

Schublade auf. Er suchte etwas, das ich nicht sehen konnte. Keiner sprach mehr ein Wort. Davis blickte zu Boden. Die Frau begann zu schreiben. Unter ihrem Tisch lag ein Taschentuch. Ich ging hinüber, bückte mich und hob es ihr auf.

»Kann ich jetzt gehen, Madame?« fragte ich.

»Yes.«

Der Major knallte die Schublade zu und stand auf. Er war dick. Er trat zum Fenster und zeigte mir den Rücken. Ich antwortete nichts, drehte mich um und ging hinaus. Der Schweiß rann kalt von meinen Armen bis zu den Hüften herunter. Ich ging durch das Zimmer mit den Stühlen, öffnete die Tür zum Gang, schritt über den Gang und dann die Treppe hinunter; vorbei an einigen Soldaten, die mich musterten. Ich ging über den Hof, zwischen den Wagen hindurch und an dem Soldaten an der Schranke vorüber. Dann stand ich auf der Straße. Draußen ging ich schneller. Ich lief ziemlich schnell an den endlosen Zäunen aus Stacheldraht vorüber. Ich lief nach Hause.

14

ALS ICH WIEDER in der Küche saß, hatte ich vier Kilometer hinter mir, und meine Füße taten mir weh. Draußen wehte der Wind. Es war Föhnwind. Immer, wenn der Föhn wehte, wurde ich nervös. Ich hatte Hunger, ich wurde gereizt, und Hai wollte wissen, was in der Schule passiert war.

Edel lag auf dem Sofa, die beiden Mädchen hockten neben ihm. Alle vier wollten mir zuhören, aber ich redete nichts, sondern begann zu essen. Sie saßen da, blickten mich an, und sie beobachteten, wie ich aß. Wassersuppe mit Brot. Man konnte in jeder Gastwirtschaft solche Suppe essen, ohne Marken.

»Willst du jetzt endlich reden?« fragte Hai.

Edel sagte: »Laß ihn erst essen.«

»Und du sollst still sein«, sagte Olga. Edel hatte sich aufgerichtet. Sie drückte ihn mit der rechten Hand wieder zurück auf das Kissen.

»Warum soll er nicht sprechen?«

»Er hat Fieber. Außerdem schmerzt ihm beim Sprechen der Hals.« Olga stand auf, trat zum Tisch, nahm einen leeren Teller weg und ging damit zum Ausguß.

»Wie geht es dir, Edel?« fragte ich.

»Gut!«

»Verdammt«, sagte Hai. »Erstens geht es ihm nicht gut. Zweitens ist es nicht wichtig. Drittens will ich endlich wissen, was los war! Zigarette?«

»Später!« Ich wischte meinen Mund ab. »Es war nicht schlimm. Einer hat mich mit dem Maschinisten zusammen im Club beobachtet, später dann mit Davis. Sie haben Davis nach mir gefragt, und er gab ihnen unsere Adresse. Das ist alles!«

Hai blickte mir ins Gesicht. »Und?«

»Weiter nichts! Der Kellner hat mir den Weg zur Toilette gezeigt. Das ist nicht strafbar!«

Katt fragte: »Haben sie das geglaubt?«

»Ja.«

»Du kannst mir doch nicht erzählen«, sagte Hai, »daß sie dich zwei Stunden verhört haben und dabei weiter nichts wissen wollten als das!«

»Frag sie doch selbst!«

Hai antwortete: »Ich kann nicht englisch.«

»Sie haben mich nicht zwei Stunden verhört. Eine Stunde mußte ich warten. Drei Viertel Stunden brauchten wir für den Weg. In den restlichen Minuten haben sie mich gefragt.«

»Hätte ich nicht gedacht«, sagte Katt, »daß die so harmlos sind.«

»Sei still!« Hai schüttelte den Kopf.

»Und Davis? Hat Davis überhaupt keine Rolle gespielt?« fragte Olga.

»Davis?« Ich sah sie an. »Wie meinst du das?«

»Vielleicht verdankst du Davis, daß du so schnell zurück bist?«

»Laß Davis aus dem Spiel. Ich verdanke ihm, daß ich hin mußte. Das ist alles.«

»Wie du willst!« Olga schritt vom Ausguß zum Schrank, öffnete die Türen und nahm Tassen heraus, die benutzt waren. Sie schritt zurück zum Ausguß, dort spülte sie die Tassen ab. Katt sah ihr zu. Nach einer Weile stand Katt auf, ging zur Tür und holte sich den Besen von der Wand. Sie kehrte zusammen. Wir saßen da und schwiegen.

Endlich sagte Olga: »Wer denkt eigentlich daran, daß wir für heute abend nichts mehr zu essen haben?«

»Ich!« antwortete Edel. »Ich denke die ganze Zeit daran.«

»Wer geht?« fragte Hai.

»Wohin?«

»Einkaufen. Es muß doch jemand einkaufen gehen«, erklärte Hai.

»Sicher.« Ich drehte mich zu Edel. »Er braucht ohnedies etwas gegen seine Kopfschmerzen.« Ich sagte: »Es tut mir leid, Edel. Ich habe es glatt vergessen.«

»Ach.« Edel hob die Hand. »Es ist nicht notwendig. Es ist bestimmt nicht notwendig, Robert.« Als er die Hand auf die Decke legte, faßte ich nach seinen Fingern. Seine Finger waren immer noch heiß. Ich stand auf. »Wer hat Marken?«

Olga griff in ihren Mantel und zog Marken heraus. Es war eine volle Karte. Sie reichte mir die Karte herüber. Ich fragte: »Gehst du mit?«

»Gern, Rob.«

»Muß das sein?« fragte Hai. »Mir wäre es lieber, sie bliebe hier.«

»Warum?«

»Es fällt auf! Könnte auffallen«, verbesserte sich Hai. »Niemand braucht zu merken, daß sie hier ist.«

»Olga kennen die Leute. Wenn sie mitgeht, ist nichts dabei!«

»Also meinetwegen«, sagte Hai. »Dann macht schnell. Habt ihr Geld?«

»Genug.« Ich half Olga in den Mantel. Mein eigener Mantel hing wieder draußen neben dem Spiegel. Vor dem Spiegel schminkte Olga ihre Lippen. Während ich hinter ihr stand, trafen sich unsere Blicke.

»Robert!!« Edels Stimme kam aus der Küche. »Robert!!«

Ich öffnete die Tür und sah hinein. Edel drehte mir mühsam den Kopf zu. »Mach kein Aufhebens wegen meinen Schmerzen! Es ist bestimmt nicht so schlimm, wie du glaubst.«

»Nein, natürlich nicht!« Meine Stimme klang ärgerlich.

»Und hier geht inzwischen alles in Ordnung, Robert. Du kannst in Ruhe weggehen. Verstehst du mich?«

»Ja, ich verstehe!« Von der Küchentür her sah ich auf sein Gesicht. Es war rot, und er schwitzte. Über seine Stirn lief der Schweiß. Ich schloß die Tür, griff nach Olgas Hand. Wir stiegen die Treppe hinab. Olga drückte meine Finger. Ihre Hand war kühl. Wir schritten nebeneinander die Stufen abwärts. Sie blickte mich an. Ich spürte, daß sie mich von der Seite musterte.

Unter den kahlen Bäumen gingen wir in Richtung der Einfamilienhäuser. Einmal sahen wir uns an, aber sofort blickten wir wieder geradeaus. Wir schwiegen. Die Allee war leer.

Das Motorengeräusch eines Traktors klang auf. Als wir die fünfzig Meter bis zur Biegung gegangen waren, sahen wir einen amerikanischen Panzer. Er kam uns entgegen. Vorher mußte er mit laufendem Motor gehalten haben, aber jetzt fuhr er schnell. Es war komisch. Er kam nicht in der Absicht, mich zu töten.

Seine Raupen rissen den Asphalt auf. Teerflocken wirbelten durch die Luft, auf den Gehweg, in den Rinnstein. Wenn er durch Pfützen fuhr, spritzte das Wasser. Wir traten zur Seite und warteten, bis er sich vorbeigewälzt hatte. Er rollte vorüber, und aus den Öffnungen ragten die Köpfe der Besatzung heraus. Ihre Helme hatten sie schief auf die Schädel gestülpt. Sie sahen verwegen aus. Es waren lauter Neger. Als sie an uns vorbeiratterten, schrien sie wild durcheinander. Das Geschrei galt Olga. Einer winkte mit der Hand. Es dauerte nur ein paar Sekunden, dann waren sie verschwunden.

Bei den Einfamilienhäusern bogen wir in die erste Straße links ab. In der Straße gab es einige Geschäfte. Wir hatten immer da eingekauft. Hier kannte man uns.

»Hat Davis wirklich nichts weiter mit der Sache zu tun?« fragte Olga.

»Bei dem Lebensmittelhändler stehen Kartoffelsäcke vor der Tür«, antwortete ich.

Olga fragte: »Warum weichst du mir aus?«

»Kartoffeln sind wichtiger als Davis.«

Das Schaufenster des Lebensmittelhändlers sah aus, als hätte er sein Geschäft schon vor Monaten geschlossen.

Quer über die Scheibe lief ein Sprung, der mit einem Streifen Packpapier überklebt war. Hinter der Scheibe stand ein gelbliches Salzpaket, und unter dem Paket lagen Zwiebeln. Das Paket war beschädigt, man konnte sehen, daß es leer war. Auf den Zwiebeln lag Staub.

Wir traten hinein. Im Laden hatte man nicht geheizt. Ein langer Tisch stand vor einer Tür. Hinter dem Tisch stand die Frau des Händlers und verkaufte. Drei andere Frauen warteten vor dem Tisch, wurden gerade bedient und unterhielten sich dabei. Als wir eintraten, schwiegen sie. Eine trug ein Kopftuch.

Olga sagte: »Guten Tag!«

»Tag!« sagte die Frau des Händlers. Die anderen schwiegen. Ich wünschte der Händlersfrau auch einen *Guten Tag* und sah mich im Laden um. Die Gestelle rechts und links waren leer. Olga hatte ihre Hände gefaltet und hielt sie vor sich. Im Laden war es nicht hell, trotzdem blitzten ihre lackierten Fingernägel, und als ich mich den Frauen zuwandte, sah ich, daß sie Olgas Finger betrachteten. Ich sah mir die Hände der Frauen an. Die erste Frau trug einen doppelten Ehering. Sie war Witwe. Alle drei hatten abgearbeitete Hände.

»Wieviel soll ich Ihnen geben?« fragte die Händlerin und bückte sich nach einem Sack unter dem Tisch.

»Bitte geben Sie mir zehn«, sagte die Witwe. »Ich wäre Ihnen sehr dankbar.«

Die Händlerin rumorte unter dem Tisch herum, und neben Olga stellte sich die Frau mit dem Kopftuch. Sie öffnete ihre Einkaufstasche, dabei stieß sie Olga an. »Verzeihung«, sagte sie.

»Macht nichts!« Olga trat zur Seite.

Die Witwe räusperte sich und wandte sich an die dritte Frau. »Wissen Sie, was ein Gesellschaftspaß ist?«

»Nein.« Die Frau schüttelte den Kopf.

»Wenn Sie mit einem Amerikaner befreundet sind, brauchen Sie einen Gesellschaftspaß.«

»So?«

»Neugierig sind Sie nicht?« fragte die Witwe.

»Doch«, erklärte die Frau. »Sprechen Sie nur weiter.«

Die Witwe lächelte der Frau mit dem Kopftuch zu. Sie sagte: »Mit dem Gesellschaftspaß sind Sie dann eine Dame. Natürlich müssen Sie sich vorher ärztlich untersuchen lassen. Die Amerikaner legen Wert auf Gesundheit.«

»Dafür werden sie ihre Gründe haben«, antwortete die Frau mit dem Kopftuch.

»Die Untersuchung ist aber nicht das Schwierigste!«

»Nein? Was sonst?«

»Man muß eine Anstellung nachweisen«, lächelte die Witwe. »Damen, die keine Stellung nachweisen können, bekommen keinen Paß.«

Hinter dem Tisch tauchte die Händlerin auf. Während sie eine Tüte in der Hand hielt, hörte sie zu. Die Frau mit dem Kopftuch sagte: »Das wird diesen Damen dann aber schwerfallen, so einen Paß zu bekommen.«

Die Witwe warf einen kurzen Blick auf Olga. »Nicht so schwer, wie Sie denken!«

»Nein?«

»Man sucht sich einfach jemanden, der einen anstellt!« Die Witwe hob die Schultern. »Natürlich nur auf dem Papier!«

Die Frau mit dem Kopftuch hob die Arme vor die Brust und drehte sie wie ein Krawattenverkäufer auf dem Markt. Sie fragte: »Aber als was?«

»Als Putzfrau oder so!« Die Witwe warf ihren Kopf zurück.

»Das sind dann Putzfrauen«, sagte die Frau mit dem Kopftuch, »mit lackierten Fingernägeln. Nicht wahr?«

»Ja!« Die Witwe lachte. »Das sind sehr elegante Putzfrauen!«

Olga blickte gleichgültig geradeaus. Ich packte sie am Ärmel und zog sie herum. »Komm!« sagte ich und ging mit Olga zur Tür. Ich schloß sie so heftig, daß das Glas des Schaufensters klirrte.

»Es gibt noch andere Geschäfte«, sagte ich.

Olga gab keine Antwort. Einige Pfützen versperrten uns den Weg. Wir mußten um sie herumgehen, denn sie waren tief.

»Du darfst dir nichts daraus machen«, sagte ich. »In einigen Wochen haben sie uns vergessen.«

»Ach, Rob.«

»Das sind dumme Gänse!«

Wir gingen zweihundert Meter weiter bis zur Apotheke. Das Transparent über der Tür war zertrümmert, und aus dem Eisengestell hingen die Drähte der elektrischen Beleuchtung. Ich ließ Olga auf der Straße warten und ging hinein. Der Apotheker hatte nur noch einen Arm. Er trug einen weißen, steifgebügelten Mantel. Sein Arm war eine Handbreit unter der Schulter amputiert.

»Guten Tag«, sagte ich. »Hätten Sie etwas gegen Kopfschmerzen und Fieber?«

»Gegen Kopfschmerzen und Fieber?« Der Apotheker sah mich an. »Sie können Tee haben. Einen Augenblick! Tee habe ich noch.«

»Tee?« Ich verzog das Gesicht. »Ein Medikament wäre mir lieber!«

»Mir auch!« Der Apotheker holte aus der Ecke eine Leiter und trug sie an seinen Wandregalen entlang. Auf den Regalen standen leere Flaschen, und unter der Decke gab es eine Reihe blaue Packungen. Mit der Leiter stieß er gegen eine Packung, und sie fiel herunter. Ich dachte, es zerbräche etwas, aber es zerbrach nichts. Die Packungen waren leer.

Der Apotheker lehnte die Leiter an eines von den Regalen.

»Haben Sie überhaupt keine Medikamente?« fragte ich.

»Doch, ein paar, aber nur gegen Rezept!«

Ich fragte: »Ohne Rezept können Sie mir nur Tee geben?«

»Ja.«

»Zustände sind das«, sagte ich. »Es muß doch wenigstens Medikamente geben!«

Der Apotheker begann, die Leiter hinaufzusteigen. »Wir haben den Krieg verloren. Wußten Sie das nicht?«

Ich schwieg und sah mich in der Apotheke um. Der Apotheker stand oben auf der Leiter. »Soldat gewesen?« fragte er.

»Ja.«

An der Seite vom Laden führte eine Tür in einen Nebenraum. Die Tür stand offen. Ich trat etwas zur Seite und blickte hinein. Der Raum war leer.

Der Apotheker fragte: »Haben Sie einen Leutnant Steiner gekannt?«

»Nein«, sagte ich.

»Auch niemals den Namen gehört?«

»Doch, aber nie bei einem Leutnant.«

Der Apotheker stand oben auf der Leiter und kramte im Regal herum. Er sagte: »War mein Sohn.«

»Habe ich mir gedacht«, antwortete ich und betrachtete seinen Rücken.

»Eines Tages werde ich jemanden finden. Ich will wenigstens wissen, ob er anständig begraben ist«, sagte der Apotheker und kam die Leiter herunter. Er konnte sich nicht festhalten. In der Hand hielt er eine Büchse.

»Würden Sie mir Chinin geben?« fragte ich. »Gegen Zigaretten! Chinin hilft doch bei Fieber?«

Der Apotheker stand wieder auf dem Boden. Er wandte sich um. »Ja. Aber ich rauche nicht!«

»Zigaretten können Sie doch gegen alles eintauschen! Zigaretten sind besser als Geld!«

»Meinen Sie?«

»Zeigen Sie mir, wo Sie das Chinin haben?« Ich schob meine Hände in die Hosentaschen und trat langsam auf ihn zu.

Der Apotheker blickte zur Ladentür. »Dort!«

»Wo?« Ich schüttelte den Kopf.

Der Apotheker wies mit der Hand nach links. Er zeigte auf einen Glasschrank. Er blickte mir dabei ins Gesicht und stand starr wie eine Figur aus Stein. Er benahm sich seltsam.

»Also?« fragte ich. »Wollen Sie das Geschäft mit mir machen?«

Sein Mund öffnete sich. »Wissen Sie, wie Sie aussehen?«

Ich sagte: »Das ist doch jetzt nicht wichtig.«

»Doch! Wissen Sie, wie Sie aussehen?«

»Wie?«

»Wie ein Mörder!«

»Aber sonst sind Sie noch ganz gesund?« fragte ich.

Der Apotheker ließ seinen ausgestreckten Arm fallen. »Das Chinin erhalten Sie umsonst!« Er trat zum Glasschrank und öffnete die Türen. Mit dem Rücken stand er zu mir. »Nicht wahr, Sie wollten es mit Gewalt nehmen?« fragte er.

»Nein.«

»O doch! Ich habe mir Ihr Gesicht angesehen. Von ein paar tausend, die zurückkommen, hat immer einer ein Gesicht wie Sie!«

»Vielleicht ist es besser, Sie geben mir jetzt das Chinin«, sagte ich.

Der Apotheker drehte sich ruckartig um und hielt mir eine Schachtel entgegen. »Hier ist kein Chinin, aber es ist das, was Sie brauchen!«

»Hilft es gegen Fieber?«

»Ja.«

Ich nahm ihm die Schachtel aus der Hand. »Was kostet es?«

»Sie hassen noch?« fragte er. »Nicht wahr.«

»Nennen Sie mir den Preis!«

»Ich will nur wissen, ob Sie noch hassen.«

»Dafür bin ich schon zu alt.«

»Wie alt?« fragte er.

Ich hielt ihm einen Geldschein entgegen. »Hundert Jahre!«

»Es kostet nichts.« Er schloß den Glasschrank und blickte zur Decke. Plötzlich tat er, als sei ich überhaupt nicht mehr da.

»Wie Sie wollen«, sagte ich, schob den Geldschein ein, drehte mich um und ging hinaus. Ich ging durch die Tür auf die Straße.

Olga war ein Stück weitergegangen und wartete auf mich. Als sie mich kommen hörte, wandte sie sich um. Zusammen gingen wir weiter.

»Hast du etwas bekommen?« fragte sie.

»Ja.«

»Etwas Anständiges?«

»Ich hoffe.«

»Was hat es gekostet?«

»Nichts«, sagte ich. »Der Apotheker ist verrückt.«

15

AM ABEND SCHNEITE ES. Der Schnee kam senkrecht vom Himmel. Die Flocken waren weich und groß und schwebten langsam zur Erde. Am Boden zerschmolzen sie nicht, sondern blieben liegen. Es war sechs Uhr. Wir hatten in den Läden einiges eingekauft; es war nicht viel, aber es reichte. Olga richtete das Essen her. Ich hatte die Medizin für Edel in ein Glas Wasser geschüttet, und Edel hatte das Wasser getrunken. Ich sah zum Fenster hinaus. Durch die Dunkelheit senkte sich ein weißer Vorhang herab.

Nachdem es eine ganze Stunde geschneit hatte, bedeckte die Bäume eine weiße Kruste und die Fahrbahn der Straße eine weiße Decke. In der Küche war es warm. Wir hatten kein Licht angemacht. Der Schein der Gasflammen zuckte. Manchmal ging Olga durch die Küche, oder es klirrte ein Teller. Niemand von uns sprach.

Im Krankenhaus lag der Amerikaner aus dem Jeep. Vielleicht würde er morgen sterben. Vielleicht war er schon tot. Vielleicht wußten seine Angehörigen bereits, daß er nicht mehr lebte. Es war der erste Schnee, der liegenblieb. Für ihn war es der letzte.

Durch den Schnee kam ich in eine seltsame Stimmung. Ich stellte mir vor, was für ein Grab sie für ihn ausgeworfen hatten. Ich stellte mir vor, wie der Schnee in die Grube hineinschwebte, wie er den Hügel Erde bedeckte, der sich neben der Grube erhob.

Der Geistliche steht vor der Grube. Er liest eine Stelle aus der Bibel. Ein Offizier redet vom guten Kameraden und von Pflichterfüllung und von Ehre und vom Weiterleben im Geist. Aber dann knallt seine ganze Kompanie eine Salve über die Gräber.

Es lag an dem Schnee draußen, daß ich an all das dachte. Dabei konnte der Tote froh sein, daß er es hinter sich hatte. Wenn er überhaupt tot war. Vielleicht lag er im Krankenhaus und fühlte sich gar nicht schlecht. Vielleicht sah er in diesem Augenblick draußen den Schnee fallen und wurde darüber ebenso sentimental wie ich. Ich lachte. Dann dachte ich: Er ist sicher schon tot.

»Warum lachst du?« fragte Katts Stimme.

»Das verstehst du nicht.«

Katts Stimme fragte: »Warum nicht?«

»Weil du zu jung bist.«

Hai sagte: »Vielleicht bin ich alt genug. Erzähle es mir.«

»Du bist alt genug, aber dich würde es nicht interessieren.«

»Dann laß es.«

Als ich mich umwandte, sah ich sein Gesicht. Ich sah das Glänzen seiner Augen. Ich sah den Schatten Olgas und den Schatten Katts. Edels Hände lagen im Zwielicht. Er bewegte sie auf der Decke. Die Finger waren ineinander verkrampft, und als ich in sein Gesicht blickte, sah ich seinen geöffneten Mund. Ich sah den Rachen ohne Gebiß. Er lächelte mir höhnisch zu.

»Warum lächelst du?« fragte ich.

Hais Stimme fragte: »Wer lächelt?«

»Edel.«

Edel sagte: »Ich lächle doch nicht.«

»Nein, du grinst!«

»Aber Robert«, flüsterte Edel. »Du mußt dich täuschen.« Wir schwiegen. Ich blickte wieder zum Fenster. Der Schnee fiel vom Himmel wie Watte. Flocken schwebten gegen das Fenster. Sie blieben kleben, dann zerschmolzen sie. Auf dem Glas hing das Wasser in Perlen. In den Perlen sprühte der Feuerschein des Gasherdes. Als ich mich umdrehte, grinste Edel wieder.

Ich sagte: »Wenn du unbedingt lächeln mußt, dann lächle wenigstens nicht so höhnisch.«

Edel fragte ärgerlich: »Aber wer lächelt denn?«

»Du.«

»Hört mit dem Gerede auf!« Edel wandte mir den Kopf zu und grinste mich an. Ich sah wieder den Oberkiefer ohne Zähne. Ich sah das rohe Fleisch hinter den Lippen. Edel grinste höhnisch. Das Geflacker der Gasflammen wurde hell, und es war ganz deutlich. Plötzlich wußte ich, warum er so lächelte. Ich stand auf. »Hai, komm mit«, sagte ich.

»Was?«

»Wir wollen sehen, wie hoch im Atelier der Schnee liegt«, sagte ich.

»Ich bin doch kein kleiner Junge.«

»Komm mit«, sagte ich.

Hai stand vom Sofa auf, ging durch die Küche, und wir traten durch die Tür. Ich schloß sie. Durch den Gang gingen wir ins Atelier. Auf dem Fußboden lag der Schnee fußhoch. Wir blieben stehen. Hai wandte mir den Kopf zu.

»Also, was ist los?«

»Weißt du, was Edel hat?«

»Einen Streifschuß an der Wade, Kopfschmerzen und Fieber«, sagte Hai.

»Und Wundstarrkrampf«, sagte ich.

»Wieso?«

»Es beginnt immer mit Fieber, Kopfschmerzen und Nackenstarre!«

»Du gefällst mir«, sagte Hai. »Sprich ruhig weiter.«

»Das stumme höhnische Grinsen! Wenn sie zu grinsen anfangen, wird es gefährlich.«

Hai ging durch den Schnee. Er ging an der Schlafzimmertür vorbei und blieb vor dem eisernen Rahmen ohne Glas stehen. Er blickte in den Garten.

»Bist du sicher, daß er Wundstarrkrampf hat?«

»Ziemlich sicher«, sagte ich.

Hai schob die Hand in seine Tasche. Er zog sie heraus. Ein Feuerzeug blitzte. Er zündete sich eine Zigarette an.

»Was unternimmt man, wenn jemand Wundstarrkrampf bekommt?«

»Man versucht, ihn zu retten.«

»Retten?«

»Die meisten überleben es nicht.«

Hai drehte sich schnell um. »Verdammt, er muß doch vom Krieg her noch genug Serum im Leibe haben!«

»So lange hält es anscheinend nicht an.«

Hai rief: »Warum muß uns das passieren?!«

»Sprich nicht so laut«, sagte ich. »Wenn Edel nicht

selbst dahinter kommt – von uns braucht er es nicht zu erfahren.«

Hai warf die Zigarette in den Garten hinunter. Er ging im Schnee hin und her. Seine Tritte hinterließen Spuren. Zwischen uns schwebten Flocken lautlos durch die Luft.

»Was muß man tun?« fragte Hai.

»Wir brauchen Tetanus. Man spritzt ihnen so viel Tetanus ein, wie ihr Herz verträgt.«

Hai lief im Viereck. Er ging an der Wand entlang, machte an der Fensterfront eine Wendung, ging an den leeren Rahmen entlang, machte wieder eine Drehung und schritt an der anderen Wand entlang.

»Hast du Tetanus?« fragte er.

»Fünf Liter!«

»Mir ist jetzt nicht so zumute«, sagte Hai.

»Mir auch nicht.«

Hai blieb an den Eisenrahmen stehen. Die Schneeflocken hingen an seinem Haar, auf seiner Schulter. Er blickte zu mir herüber.

»Weißt du, was das bedeutet?«

»Daß wir nicht hier wegkönnen.«

»Ja, wir können nicht weg. Wir sitzen herum, und es geschieht nichts. Und Edel bekommt Wundstarrkrampf.« Er sagte heiser: »Das ist die schönste Falle, in die ich je geraten bin.«

Etwas Schnee geriet auf meine Lippen. Er zerschmolz. »Wie ich die Sache sehe«, sagte ich, »haben wir nichts zu befürchten.«

»Nein?«

»Nein«, sagte ich.

»Du fühlst dich ganz sicher«, antwortete Hai. »Du hast zwei Mädchen als Mitwisser, aber du fühlst dich sicher. Du warst bei den Amerikanern im Verhör, aber du fühlst dich sicher. Meinst du denn, alle schlafen so wie wir?«

»Warum nicht?«

Hai bückte sich. Er hob Schnee auf, ballte ihn in der Hand und warf ihn in den Garten. »Während wir hiersitzen, ziehen sie das Netz um uns zusammen. Darüber mußt du dir klar sein!«

»Wer?«

»Die Amerikaner!« Hai rieb sich das Kinn. »Oder unsere lieben Landsleute. Einen Tag, zwei Tage haben wir Vorsprung. Aber jetzt arbeiten sie an unserem Fall. Außerdem vergißt du meine vier Männer. Einen von den vier erwischen sie bestimmt. Und dann sind noch die Mädchen aus dem Puff da und ein paar alte Weiber, die sich den Mund zerreißen. Zum Schluß kommen die, die sich lieb Kind machen wollen.« Er bückte sich wieder und griff erneut in den Schnee.

Ich sagte: »Wenn es dir zu gefährlich wird, kannst du ja abhauen!«

»Wohin?«

»Zum Teufel!«

»Schöne Aussicht.«

»Besser als hier einen Strick um den Hals«, sagte ich.

Hai hustete. »Und du?«

»Wenn du nicht da bist, kann ich alle Schuld auf dich schieben. Falls überhaupt etwas passiert.«

Hai drehte sich zur Seite und ging langsam an der

Schlafzimmertür vorbei. »Angenommen, ich gehe«, sagte er. »Was geschieht mit Edel?«

»Erst das Serum. Vorher gehst du nicht!« sagte ich.

Hai trat einen Schritt auf mich zu. »Wie sprichst du denn mit mir!«

Hai hielt noch den Schnee in der Hand. Er warf ihn wütend auf den Boden. In der Dunkelheit stob es auf. »Ich bin drei Tage hier! Jetzt soll ich gehen. Was für einen Sinn hatte es, daß ich hierblieb? Soll ich dir's sagen?«

»Spar dir's!«

Hai spuckte aus. »Ja, das war's! So komisch es auch klingen mag. Sonst hätte es doch keinen Sinn gehabt.«

»Also!« Ich trat zur Seite, zur Tür, und lehnte mich dagegen. »Mach jetzt Schluß damit: Besorge Serum und einen Arzt für Edel, dann verschwinde.«

Hai rief: »Einen Arzt und Serum!«

»Schrei nicht so!«

»Ich kenne weder einen Arzt«, flüsterte Hai, »noch weiß ich, wo es Tetanus gibt. Wir verschwinden alle vier und rufen von irgendwo einen Arzt an.«

»Und Edel?«

»Bevor er zu sprechen beginnt, sind wir in Sicherheit.«

»Ich rede nicht von unserer Sicherheit, ich rede von Edel!«

»Das ist die beste Chance, die wir ihm bieten können.«

»Eine schöne Chance.«

Hai rief: »Zum Teufel!«

»Du sollst leiser sprechen!«

Hai flüsterte: »Zum Teufel!«

»Beschaffe Serum und einen Arzt.«

Hai stampfte in den Schnee. »Wie denn?«

»Du kennst den Zahnarzt.«

Hai lachte leise. »Der Kerl war vor sechs Monaten noch Sanitäter. Woher soll er Tetanus haben?«

»Willst du damit sagen, daß du Edel zu einen Arzt geschickt hast, der in Wirklichkeit gar keiner ist?«

Hai verschränkte die Arme vor seiner Brust. »Findest du etwas dabei? Er hat's im Krieg gelernt. Es ist nicht wichtig, was einer für ein Examen hat. Es ist wichtig, was einer kann.«

»Ziemlich großzügige Ansicht bei einem Arzt.«

»Mein Gott!« Hai hob die Schultern. »Schließlich habe ich ihn nicht auf Edels Blinddarm losgelassen.«

»Versuche es bei ihm!« sagte ich.

»Mit was?«

»Mit Tetanus.«

»Also gut«, antwortete Hai. »Ich gehe morgen zu ihm.«

»Morgen?«

»Wann sonst?«

»Jetzt«, sagte ich. »Bei Edel geht es um Stunden! Begreifst du das nicht?«

»Glaubst du, der Zahnarzt wartet auf mich?«

»Der Sanitäter!«

»Der Sanitäter«, sagte Hai.

Ich blickte auf meine Armbanduhr. Der Phosphor auf den Zeigern leuchtete nur schwach. Ich sah den Sekundenzeiger. Er lief unermüdlich im Kreis wie ein kleines Tier.

»Es ist jetzt sieben Uhr. Der Sanitäter ist sicher zu Hause.«

»Wenn du meinst?« Hai kam mir entgegen, wir traten durch die Tür in den Gang. Im Gang hing Hais Jacke. Er trug einen Pullover. Er zog die Jacke über den Pullover. Vor dem Spiegel stehend, strich er sich das Haar zurück. Er sagte: »Hol mir irgend etwas zum Essen heraus. Ich will jetzt nicht reingehen.«

Ich trat in die Küche. Sie hatten drinnen das Licht angeschaltet. Am Tisch schnitt Katt gerade Brot. Ich trat zum Tisch und nahm drei Scheiben weg.

»Ist was los?« fragte Olga.

»Nein. Hai muß schnell mal weg.«

Edel legte seinen Kopf zur Seite. »Wohin geht er?«

»Wegen seinen Freunden. Es ist wichtig.« Ich nahm die Brotscheiben mit der rechten Hand aus meiner linken Hand. Die rechte Hand schob ich mit dem Brot hinter meinen Rücken. Ich tat, als müsse ich das Brot verstecken. Warum, wußte ich nicht. Ich blickte auf Edels Füße, die unter der Decke herausragten. Als ich auf sein Gesicht sah, hatte er wieder den Arm unterm Hals liegen. Ich drehte mich um und schritt hinaus. Hai lehnte am Geländer. Er sah mir entgegen. Ich gab ihm das Brot.

»Danke«, sagte er.

»Bitte.«

»Gehst du mit hinunter?« fragte er.

»Ja.«

Hai ging vor mir die Treppe hinab. Wir sprachen nichts. Unter unseren Tritten knirschten die Stufen. Ein schwacher Lichtschein fiel aus dem Gang herunter und beleuchtete den Boden.

Ich sagte: »Wenn du kommst, läute einmal kurz und zweimal lang.«

»Ja.«

Unten schloß ich die Haustür auf. Hai wartete neben mir. Die Tür öffnete sich, draußen glitzerte der Schnee. Im Flur wurde es heller. Ich konnte Hais Gesicht erkennen. Er sah mich an.

»Los, geh schon«, sagte ich.

»Robert?«

»Willst du noch was?«

»Es ist vielleicht besser, du weißt es. Wenn es bei dem Sanitäter nicht klappt, komme ich nicht wieder.« Hai blickte zu Boden. »Natürlich versuche ich alles. Aber... Nur, damit du dich auskennst.«

»Schön«, sagte ich.

»Trag es mir nicht nach.«

Ich antwortete nicht.

»Es hatte keinen Sinn. Ich weiß es jetzt. Uns ist jahrelang befohlen worden, immer irgend jemanden zu töten. Mir fiel es zum Schluß gar nicht mehr auf.«

»Meinst du die Sache mit dem Gashahn?«

Hai sagte: »Alles Gute, Robert!«

»Du hast uns in einen schönen Dreck reingezogen«, sagte ich.

»Und mich erst«, sagte er. »Komisch.«

»Zwischen Menschen und Zigaretten ist ein Unterschied. Wir haben diese Grenze überschritten. Wir haben es falsch gemacht. Wir haben alles falsch gemacht.«

Hai streckte seine Hand aus.

»Ich werde alles versuchen! Falls wir uns nicht mehr sehen – alles Gute, Robert!«

»Und Edel?«

»Auch für Edel!«

Ich ergriff Hais Hand. »Mensch, ist das ein Abschied«, sagte er und trat durch die Tür.

Ich sah ihn durch den Schnee davongehen. Seine Tritte ließen Spuren zurück, aber die Flocken schwebten herab und deckten sie zu.

Ich schloß die Tür und wandte mich um. Ich ging wieder die Treppe hinauf, über das Podest, und als ich in die Küche kam, setzte ich mich auf den leeren Stuhl neben den Tisch.

Katt und Olga sahen auf Edel. Seine Augen glänzten. Aber das kam vom Fieber.

16

GEGEN ACHT UHR hatten wir gegessen. Außer Edel war jeder von uns satt. Edel lehnte alles ab, was wir ihm anboten. Olga hatte für ihn Pfannkuchen nach finnischer Art gebacken, eine zusammengerührte Masse aus Wasser und Mehl und mit etwas Salz. Aber Edel wollte auch das nicht. Ab und zu nahm er einen Schluck Tee.

Die beiden Mädchen räumten den Tisch ab, auf dem Gasherd stand heißes Wasser. Olga goß es in die Schüssel. Sie ging mit der Schüssel zum Ausguß; dort ließ sie so viel kaltes Wasser dazu, bis es gut temperiert war, dann brachte sie die Schüssel herüber zum Sofa.

Wir erneuerten den Verband an Edels Wade. Edel wollte erst nicht, aber der Verband war noch nicht geöffnet worden, und er wußte, daß es jetzt Zeit war. Um das Bein hatten wir ein zerrissenes Hemd gewickelt. Olga öffnete den Knoten und schälte den Stoff herunter. Durch das hartgeronnene Blut haftete alles aneinander. Das Leinen war dunkelrot und knirschte. Die letzte Windung bekam Olga nicht mehr ab. Edel hielt sein Bein ausgestreckt über die Schüssel. Katt schöpfte mit einer Tasse Wasser heraus und goß es immerfort über den Verband. Als sich der Stoff endlich löste, sahen wir die Wunde. Die Kugelspur war jetzt deutlicher zu erkennen. Das rohe Fleisch quoll heraus. Die Haut hatte sich zu beiden Seiten der Kugelspur aufgerollt. Es wirkte wie ein Axthieb. Eigentlich gehörte es genäht oder geklammert. Aber ich sagte nichts. Edel schwieg auch. Olga und Katt sahen so etwas zum erstenmal.

Katt hielt Edels Fuß. Olga wusch von den Rändern der Wunde das verhärtete Blut ab, inzwischen zerriß ich ein Handtuch. Damit wickelte Olga die Wade zu. Edel hatte einige Male gezuckt, aber am Ende rührte er sich nicht mehr. Als Olga die Handtuchstreifen zusammenknotete, lachte er mich plötzlich wieder so lautlos an. Er zeigte mir grinsend die beiden geröteten Kieferknochen. Gerade in diesem Augenblick sah Olga in sein Gesicht und bemerkte es auch.

Olga fragte überrascht: »Aber warum lachst du denn?«

»Ich bitte euch«, flüsterte Edel, »hört mit dem dummen Geschwätz über mein Lachen auf. Mir ist hundeelend zumute. Ich lache bestimmt nicht.«

»Nein, du grinst!« Olga sah mich an. »Du hast jetzt Rob ganz höhnisch angegrinst.«

Edel wollte stumm den Kopf schütteln. Mitten in der Bewegung zuckte er zusammen. Er griff sich erschrocken nach dem Nacken.

Olga fragte: »Hast du was?«

»Das Liegen! Es macht meine Knochen steif.« Edel sank langsam nach hinten aufs Kissen. Er hielt sich dabei krampfhaft gerade. Auf seiner Stirn standen Schweißtropfen. Zwei Blasen hatten sich auf seiner Oberlippe gebildet. Unter der dünnen Haut erkannte man die Feuchtigkeit. Edel war nicht rasiert. Er sah verhungert aus.

Katt sagte: »Du hast ganz schön Fieber. Das Zeug, das Robert besorgt hat, scheint nicht viel zu helfen.«

Edel vollführte eine müde Bewegung mit der rechten Hand. »Doch! Keine Kopfschmerzen mehr. Aber das Schlucken macht mir Beschwerden.« Katt trat ans Sofa, setzte sich neben Edel auf die Kante und ergriff seine Hand. »Weißt du, wir machen dir Wickel um die Beine.«

»Wozu denn?«

»Gegen das Fieber. Immer wenn ich mal Fieber bekam, hat mir meine Mutter Wickel gemacht.«

Edel wandte ihr den Kopf zu. Er lächelte sie an. Diesmal lächelte er richtig.

Gegen neun Uhr bekam er einen heißen Wickel. Gegen elf Uhr stieg sein Fieber ganz plötzlich. Wir konnten es nicht messen, doch auf seinen Lippen bildeten sich neue Blasen. Einmal richtete er sich auf und sank ebenso jäh wieder zurück. Seine Hände glühten, das Gesicht war rot. Bei jedem Atemzug röchelte er. Eine Viertelstunde nach elf sprach er plötzlich einige Sätze. Wir verstanden nichts. Um halb zwölf verlangte er nach Wasser. Olga gab ihm einen Schluck in einer Tasse. Er wollte trinken, nur trinken; aber alles, was er trank, trat als Schweiß aus seinen Poren. Gegen zwölf wurde es mit ihm wieder etwas besser. Er schlief ein, doch im Schlaf schüttelte sich sein Körper vor Fieber.

»Robert«, flüsterte Katt. »Sieh doch nicht immer nach der Uhr.«

»Mache ich doch gar nicht!«

»Doch, du hast fortwährend auf die Uhr gesehen!«

»Wo Hai bloß steckt«, antwortete ich.

»Glaubst du, daß er wiederkommt?«

»Warum nicht«, flüsterte ich.

»Weil man es manchmal im Gefühl hat«, antwortete Olga.

Sieben Minuten nach zwölf ließ der Gasdruck so stark nach, daß wir die Herdhähne schließen mußten. Eine Viertelstunde nach zwölf versuchte ich es wieder. Der Druck war noch nicht stärker. Drei Minuten später holte ich für Edel noch eine Decke aus dem Schlafzimmer. Sein Körper schüttelte sich. Er schlug gegen das Holzgestell. Die Sofabeine klopften auf den Boden. Jemand, der sich Einlaß verschaffen will, klopft nicht anders. Gegen halb eins verdunkelte Olga die Lampe mit Papier. Danach setzte ich mich auf den Stuhl. Vier Minuten später trat ich in den Gang und zog meinen Mantel über. Olga flüsterte: »Wohin gehst du?«

»Etwas holen, für Edel. Aus der Apotheke.«

Katt blickte zur Tür. »Ein Arzt wäre besser.«

»Wißt ihr einen zuverlässigen Arzt? Einen Mann, der ganz sicher ist?«

»Was heißt sicher?« fragte Olga.

»Wenn er Edel den Amerikanern meldet, können wir uns gleich aufhängen.«

Katt flüsterte: »Muß Edel sterben?«

»Er hat Wundstarrkrampf. Die meisten sterben daran.«

»Sei doch still«, flüsterte Olga. »Wenn er das hört!«

Katt strich Edel mit einem Taschentuch über die Stirn. »Er hört nichts.«

»Bis nachher!«

Ich drehte mich um, schloß die Tür und stieg die Treppe hinab. Ich schloß unten auf und wieder zu und verließ das Haus. Auf der Straße schneite es noch immer. Alles, was ich sah, lag unter einer weißen Decke. Zweihundert Meter entfernt brannte eine Laterne. Bis jetzt hatte sie noch nie gebrannt. Ihr Licht verbreitete einen gelben Schimmer. Zwischen mir und dem Strahlenkranz war die Allee leer. Meine Tritte verschluckte der Schnee. Ein Ast knackte. Einmal löste sich der Schnee von einem Baum und plumpste herunter. Eine weiße Wolke folgte ihm nach, und ich schritt mitten durch die stiebenden Flocken. Um die Laterne schlug ich einen Bogen, damit ich im Schatten blieb. Als ich an die Biegung kam, brannte in einem Haus noch Licht. Es kam aus einem Fenster unter dem Dach. Die Gardine hatte man in der Mitte nicht richtig geschlossen. Das Licht war durch einen Schirm gedämpft. Der Schein war schwach und rötlich. Ein schmaler Schatten bewegte sich hin und her.

Bei den Einfamilienhäusern lag alles im Dunkeln. Nirgends gab es Laternen. Vor dem Laden, in dem die Frauen gegen Olga losgezogen waren, stand eine Kiste. Ich faßte hinein; sie war leer. Eine knappe Minute später stand ich vor der Apotheke. An der Tür suchte ich nach der Klingel und tastete gegen einen Knopf. Ich drückte. Aber es kam niemand. Auf der Schwelle lag Schnee. Mein Mantel war vorn weiß. Als ich mir durchs Haar strich, hielt ich Schnee in meiner Hand. Vor der Tür hing ein eisernes Rollo herunter. In der Finsternis tastete ich an dem kalten Rollo entlang. Ich fand einen Schlitz. Er war eng, und ich schob meine Finger hinein. Eine Weile tastete ich herum, dann berührte ich die Klinke. Die Klinke bewegte sich, aber die Tür ging nicht auf. Es dauerte einige Zeit, bis ich meine Hand wieder aus dem Schlitz herausbekam. Alle Fenster über dem Schaufenster und über der Tür waren dunkel.

Rechts und links neben dem Haus führte ein Zaun weiter. Ich ging von der Tür weg und kletterte links vom Haus über den Zaun. Als ich drüben war, lauschte ich einen Augenblick. Es rührte sich nichts. Meine Füße standen bis zu den Knöcheln im Schnee. Unter dem Schnee war der Boden weich. Es mußte Gras sein. Als ich an der Hausmauer entlang ging, spürte ich Steine. Hinter dem Haus lag ein freier Platz, auf dem verschneite Eisengestelle standen. Ich fand eine Tür mit einem kleinen Glasfenster und klopfte an. Ich klopfte eine ganze Weile gegen das Fenster, erst vorsichtig, dann immer stärker. Plötzlich zersprang das Fenster. Glas klirrte auf Fliesen. Wasser tropfte. Das Klirren verklang, das Wasser tropfte weiter. Durch das Fenster rief ich: »Hallo!« Warme Zugluft wehte mir durch die Öffnung ins Gesicht.

»Hallo!«

Eine Tür knarrte. Drinnen war es ganz dunkel, und ich konnte nichts erkennen, aber ich hörte, daß jemand die Treppe herunterschlurfte.

»Hallo«, sagte ich, »öffnen Sie doch!« Es blieb still, und ich wartete.

Eine Stimme fragte: »Ist da jemand?«

»Ja! Natürlich! Warum öffnen Sie nicht?«

Hinter der Tür ging eine Lampe an. Durch die Öffnung erblickte ich den Gang. Eine Treppe führte in das obere Stockwerk. Der Apotheker stand auf den Stufen. Er war im

Bademantel. Unter seinen Armstumpf hatte er ein Stuhlbein geklemmt. Er sah verstört aus.

»Brauchen Sie etwas?« sagte er.

»Ja.« Ich drehte mich mit dem Rücken zur Tür und erklärte: »Das mit dem Fenster wollte ich nicht. Entschuldigen Sie. Ich habe geklopft, da zerbrach es plötzlich.«

»Sie hätten läuten müssen. Vorn neben der Tür ist die Glocke!«

»Die Glocke geht nicht. Ich habe lange genug auf den Knopf gedrückt.«

Der Apotheker kam näher. Seine Tritte schlurften auf den Fliesen. Er schob einen Schlüssel ins Schloß. Als sich die Tür öffnete, drehte ich mich schnell um und trat sofort über die Schwelle.

»Sie?« Der Apotheker war erschrocken. Das Stuhlbein rutschte unter seinem Armstumpf heraus. Es schepperte auf den Boden. Der Apotheker hatte sich etwas geduckt, dabei starrte er mich an.

»Kann ich mit Ihnen reden?« fragte ich. »Mit Ihnen allein? So daß uns niemand hört?«

»Sie?« Der Apotheker hob abwehrend seine linke Hand.

»Kommen Sie«, flüsterte ich. »Gehen wir in den Laden.«

Der Apotheker trat einen Schritt zurück, dabei stieß er gegen die Mauer. Er rührte sich nicht vom Fleck. Ich wandte mich zur Tür und schloß sie. Das Licht war sehr hell. Der Apotheker stand genau unter der Lampe. Er hatte dünnes Haar, es hing über seine Ohren, an den Schläfen waren weiße Flecke.

»Kommen Sie schon«, sagte ich.

»Wozu?«

»Im Laden...«

Der Apotheker sagte laut: »In diesem Haus versteht man jedes Wort. Meine Leute sind alle wach!« Er schrie fast. Mein Blick fiel auf seine Hand. Sie zitterte. Als er eine Bewegung machte, um sich zu bücken, setzte ich einen Fuß auf das Stuhlbein.

»Lassen Sie mich«, keuchte er.

»Sie sind allein hier!«

»Nein!« Er versuchte es wieder mit dem Stuhlbein, aber er war zu alt.

»Hören Sie«, sagte ich. »Ihnen geschieht nichts! Ich brauche Tetanus und eine Spritze. Das ist alles.«

»Tetanus?«

»Ja. Geben Sie es mir?«

Der Apotheker lehnte sich an die Mauer. »Tetanus gibt es bei mir nicht.«

»Und warum nicht?«

»Ich habe keines.«

Der Schnee fiel von meinem Mantel auf die Fliesen. Mit dem Fuß schleuderte ich das Stuhlbein beiseite. Es rutschte durch den Gang und knallte gegen die Mauer. In der Ecke blieb es liegen. »Sehen Sie«, sagte ich. »Es ist niemand im Haus! Geben Sie es mir freiwillig?«

»Ich habe keins!« Der Apotheker wischte sich übers Gesicht.

Ich schrie: »Sie verdammter Narr! Glauben Sie, daß ich es zu meinem Vergnügen verlange? Mein Freund hat Wundstarrkrampf!«

Der Apotheker riß seinen Mund auf. Er trug kein Gebiß und hatte dadurch eine gewisse Ähnlichkeit mit Edel. Ich dachte, jetzt hätte er begriffen. Aber er schloß seinen Mund wieder und sagte kein Wort.

»Haben Sie mich verstanden?« fragte ich.

»Doch.«

»Na, und?«

»Gehen Sie doch zu einem Arzt«, sagte der Apotheker. »Ich will mit dieser Sache nichts zu schaffen haben.«

»Mit was für einer Sache?«

»Sie wissen es selbst!«

Ich packte nach seinem Armstumpf und hielt ihn fest.

»Davon weiß ich nichts. Erzählen Sie es mir!«

»Wenn Sie mich nicht loslassen, schreie ich!«

»Ich will nur wissen, was Sie meinen.«

»Mich geht es nichts an!« Der Apotheker schüttelte den Kopf. »Sie sind niemals bei mir gewesen!«

»Erzählen Sie!«

Über sein Gesicht rann Schweiß.

»Im Rundfunk!« keuchte er.

»Was?«

»Einer von euch! Man hat Blutspuren gefunden. Die Amerikaner suchen ihn.«

»Wo ist das Serum?«

»Es ist keins da!«

»Kein Tetanus? Für wie dumm halten Sie mich?«

»Vor dem Krieg und während des Krieges – ja! Aber jetzt... Ich habe bestimmt keins.«

»Warum nicht?«

Er keuchte: »Aber ich habe doch nichts!«

Ich drückte meine Fingerkuppen in das amputierte Ende des Armstummels. »Gib es raus!«

»Und wenn Sie mich umbringen«, wimmerte er. »Es ist kein Tetanus da!«

»Nichts?«

»Nein!«

Ich ließ ihn los. Er taumelte im Gang entlang und lehnte sich gegen die Mauer. Er sagte: »Sie sollten sich schämen! Ich könnte Ihr Vater sein!«

»Wo kann man Tetanus bekommen?« fragte ich.

Er hob seinen Armstummel und reckte ihn mir entgegen.

Ich fragte: »Wo man Tetanus bekommen kann, will ich wissen!«

»Bei den Amerikanern!« schrie er. »Wo sonst?«

»Können Sie mir helfen?«

»Sie waren niemals bei mir«, antwortete er. »Niemals! Ich will mit der Sache nichts zu tun haben!«

Ich drehte mich um, öffnete die Tür und trat hinaus. Ich ging um das Haus herum und kletterte über den Zaun. Als ich mir ins Gesicht faßte, roch meine Hand nach einem Desinfektionsmittel. Ich bückte mich und rieb sie mit Schnee ab. Die Häuser hockten alle im Dunkeln und hatten weiße Dächer.

Ich ging zwischen den Einfamilienhäusern zurück. Vor der Allee wollte ich ein Stück einsparen und lief über einen Pfad. Er war schmal und führte zwischen zwei hohen Zäunen entlang. Ich lief einer amerikanischen Militärstreife direkt in die Arme. Die beiden Soldaten hatten in der Finsternis auf mich gewartet. Nachdem sie mich bemerkt hatten, waren sie stehengeblieben. Sie hatten sich gegen die Zäune gedrückt. Ich stolperte auf sie zu.

Der eine stand vor mir. Über den Schnee erkannte ich die Umrisse seines Körpers. In der Hand hielt er einen weißen Knüppel.

»You have a pass?« fragte er.

Ich gab keine Antwort.

Der Soldat wandte sich an seinen Kollegen. »Tuck him up!«

Der Kollege tastete mich ab. Erst griff er unter meine Arme, dann auf meinen Bauch und zum Schluß auch noch zwischen meine Beine. Als er bemerkte, daß ich keine Waffe bei mir trug, trat er einen Schritt zurück, und in diesem Augenblick sprang ich los. Ich sprang zwischen den beiden Soldaten hindurch, ich sprang den Weg entlang, ich rannte. Der Schnee war tief. Er stob auf. Wenn die Soldaten schießen wollten, brauchten sie nicht zu zielen. Zwischen den beiden Zäunen rannte ich wie in einem Tunnel. Aber sie schossen nicht. Sie schrien. Erst dachte ich, sie schrien. Als ich fünfzig Meter gerannt war, merkte ich, daß sie lachten.

Der Schnee dämpfte das Gelächter. Es klang dumpf, und ich begann langsamer zu laufen. Meine Lungen keuchten. Während sie sich amüsierten, wischte ich mir den Schweiß ab. Als ich die Allee erreichte, hörte ich die Stimmen nicht mehr.

Die Strecke bis zum Haus lag verlassen. Mir begegnete kein Mensch. Der Schnee fiel jetzt in Strichen wie Regen. Eine weiße Kruste schlug ich vor der Tür von meinem Mantel. Ich hatte Schnee in meinen Schuhen. Auf der

Treppe taute er bereits. Olga öffnete mir die Tür zur Küche. Das Gas brannte wieder. Es war warm.

»Hast du etwas?« fragte Olga.

Ich schüttelte den Kopf.

»Es scheint etwas besser zu gehen.« Olga blickte auf Edel. Sie wischte sich Schweiß von der Stirn, dann sah sie mich an. »Hast du Durst?«

»Nein.«

Ich zog meinen Mantel aus und stellte mich neben den Herd. Über den Flammen wärmte ich mir meine Hände. Katt war nicht da. Auf dem Sofa lag Edel, das Gesicht zur Wand. Er schlief. Sein Atem ging nicht mehr so heftig wie vor einer Stunde.

Olga sagte leise: »Vielleicht wird noch alles gut.«

»Möglich.«

»Leg dich zu Katt ins Schlafzimmer«, flüsterte sie. »Besser du schläfst jetzt.«

»Ausgerechnet zu Katt?«

»Ach, Rob.«

Ich wandte mich um. Olga kam zu mir. Sie legte ihren Kopf auf meine Schulter. Ich küßte sie auf die Schläfe. Wir blickten uns an. Sie küßte mich wieder. Wir preßten uns eng aneinander. Die Zeit stand still.

Unser Schatten fiel auf die Fußbodenbretter. Ich tat ihr weh, und sie stöhnte auf. Der Absatz ihres Schuhes schlug rhythmisch gegen den Boden. Plötzlich knarrte das Sofa. Edel röchelte. Wir hielten inne.

»Rob«, flüsterte Olga. Ich drehte den Kopf zur Seite. Edel blickte mich an. Die Augen waren aufgerissen und starrten. Die Pupillen waren wie aus Glas.

»Rob!« rief Olga. Sie klammerte sich an mich. Ihr Schuh fiel vom Fuß und polterte auf den Boden. Ich machte mich los und ging zum Sofa. Edels Augen starrten ins Leere. Sie waren genau auf Olga gerichtet.

»Rob!« schrie sie.

Ihre Stimme gellte durchs Haus. Der Ton hing noch in der Luft, als ich Edels Lider bereits geschlossen hatte. Danach rückte ich seinen Kopf gerade, faltete ihm die Hände und entspannte seine Muskeln. Mit Toten kannte ich mich aus.

17

ALS ES MORGEN WURDE, hüllten wir Edels Körper in die Pferdedecke mit den Löchern. Wir trugen ihn durch den Gang ins Atelier und legten ihn in den Schnee. Katt hatte ihn abgewaschen und ihm die Haare gekämmt. Damit der Schnee nicht auf sein Gesicht fiel, breiteten wir über seinen Kopf das Tischtuch.

Es war der 19. November. Der Tag kam als heller Schimmer hinter den Bäumen über dem Wald herauf. Der Schnee fiel nicht mehr so dicht wie in der Nacht, und als es hell war, hörte es zu schneien auf.

Zwischen acht und neun tranken wir Kaffee in der Küche. Für den Kaffee gab es keinen Zucker, aber er war heiß und die Küche warm. Seit dem Augenblick, in dem Edel starb, hatte Olga mit mir nicht mehr gesprochen. Während ich den Kaffee schlürfte und sich Katt und Olga am Ausguß schminkten, hörte ich das Geräusch von Schritten. Wir blickten alle gleichzeitig auf. Keiner sagte ein Wort. Da öffnete sich bereits die Tür.

Herein kam Hai. Hinter Hai trat ein Mann über die Schwelle. Der Mann trug einen kleinen Koffer und unter einem grauen Mantel eine lange schwarze Kutte. Es war ein Priester. Unter der Kutte sah man hohe schwarze Schuhe. Er blieb stehen, und wir sahen ihn schweigend an.

»Wo ist Edel?« fragte Hai.

»Im Atelier.«

»Im Atelier?«

Katt sagte: »Er ist tot.«

Hai hatte in seine Tasche gegriffen. Er hielt eine Zeitlang inne, dann zog er eine Packung Zigaretten heraus und zündete sich davon eine Zigarette an. Die Packung warf er auf den Tisch. Er wandte sich an den Priester: »Wir kommen zu spät, Doktor.«

»Kann ich ihn sehen?« fragte der Priester.

Hai drehte sich um, hob die Hand zur Tür und ließ den Priester vorangehen. Ich stand auf und schritt ihnen nach. Hinter mir klirrten die Tassen auf dem Tisch.

»Das ist das Atelier«, sagte Hai. Er zeigte durch die Tür ins Leere. »Man kann von nirgends hereinsehen«, erklärte er.

Der Priester trat zu dem Körper im Schnee, kniete nieder, zog die Tischdecke von Edels Kopf und schob ihm ein Augenlid zurück.

»Embolie!« Er schob das Augenlid wieder zu. »Vermutlich.«

»Es kam ganz unerwartet«, sagte ich.

Der Priester hob die Hand und schlug ein Kreuz vor seiner Brust. Dann richtete er sich auf und fragte: »Ich setze voraus, daß Sie unter den vorliegenden Umständen auf den amtlichen Totenschein verzichten. Selbstverständlich betrachte ich mich immer noch an mein Wort gebunden.«

Er sah Hai an. Hai ließ seine Zigarette fallen, und sie versank eine Fußbreite neben Edels Körper im Schnee.

»Das habe ich nicht anders erwartet«, sagte Hai.

»Was wollen Sie jetzt tun?« fragte der Priester.

»Man wird ihn begraben müssen.«

Der Priester nickte. »Ich werde mit Pfarrer Helge darüber sprechen. Allerdings war der Tote nicht Katholik.«

»Äußerlich nicht«, sagte Hai, »aber er wollte es werden.«

»Nun gut.« Der Priester sah mich an. »Gehen wir ins Warme.« Er drehte sich zur Tür.

Ich bückte mich und zog das Tischtuch über Edels Kopf, dann ging ich ihnen nach. Hai ging zwischen uns. Im Gang blieben die beiden stehen. »Sie können hoffentlich einen Sarg besorgen?« fragte der Priester.

»Einen Sarg?« Hai blickte auf. »Ja, sicher.«

»Dann kommen Sie bitte morgen in die Sakristei von Pfarrer Helge.« Der Priester streckte seinen Arm aus. »Das Weitere wird sich finden.«

»Mit dem Toten?« fragte Hai.

Der Priester schüttelte den Kopf. »Ohne den Toten. Bis wir ihn beerdigen können, dauert es drei Tage.«

»Das ist zu lange!«

»Mein Freund, alles braucht seine Zeit.« Der Priester drückte Hais Hand, drehte sich um und stieg die Treppe hinab. Wir blickten ihm nach. Wir warteten, bis unten die Haustür zuschlug, dann sahen wir uns an. Hai griff sich ins Gesicht.

»Gestern hat mir Edel von seinem Seelenhirten erzählt. Ich bin hingegangen. Er hat wirklich diesen Klosterdoktor überredet, mitzugehen.«

»Anständig«, sagte ich. »Aber wo bekommen wir den Sarg her?«

»Wenn wir drei Tage warten müssen, brauchen wir keinen Sarg. Wir begraben ihn im Garten.«

»Findest du, daß das geht?«

»Ja. Wegen einer solchen Formsache können wir nichts riskieren. Drei Tage ist zuviel!« Hai öffnete die Küchentür, ging hinein und trat zum Tisch. Er nahm eine Tasse, goß sie voll Kaffee und trank. Ich stellte mich neben den Türrahmen und sah ihm zu.

Olga fragte: »Habt ihr besprochen, was geschehen soll?«

»Ja«, sagte Hai. »Es wird alles erledigt.«

»Wie?«

»Sobald es dunkel wird, begraben wir ihn im Garten. Anschließend verlassen wir die Wohnung.«

Olga stand vom Sofa auf. »Ist das alles, was ihr wißt?«

»Sollen wir ihn vielleicht liegenlassen?«

Olga sah Hai an. »War er eigentlich euer Freund?«

»Natürlich.«

»Dann könnt ihr ihn wenigstens auf einen Friedhof schaffen!«

Hai setzte seine Tasse auf den Tisch. »Nein, kann man nicht.«

»Habt ihr darüber nachgedacht?«

»Haben wir.«

Katt betrachtete ihre Finger, polierte die Nägel an der Tischkante und sah auf. »Begrabt ihn gleich! Das ist das beste.«

»Warum?«

»Weil ich will, daß er weg ist. Er erinnert mich an das, was zwischen uns war.«

»Hast du denn überhaupt kein Gefühl – ?«

»Zuviel – und das kann ich mir nicht leisten.«

Hai sagte: »Du brauchst ihn dir ja nicht mehr anzusehen.«

»Von ihm hören will ich auch nichts mehr.« Katt streckte ihre linke Hand aus und betrachtete ihre Fingernägel von weitem. »Redet nicht mehr darüber! Er ist tot.« Ihr Gesicht blieb starr.

»Komm!« Ich legte die Hand auf die Türklinke. »Tragen wir ihn in die Garage, die Mädchen können dann die Wohnung herrichten und alle Sachen packen.«

»Willst du?«

»Sicher!«

Wir verließen die Küche und gingen ins Atelier. Hai packte die Leiche unter den Schultern. Er hob sie auf. Ich nahm die Beine, und wir trugen sie in den Gang. Auf der Treppe verloren wir das Tischtuch, und auf dem Podest glitten mir die Beine aus den Händen und schlugen auf den Boden.

Hai sagte: »Paß doch auf!«

»Du mußt langsamer gehen«, sagte ich.

Wir trugen den Körper die Kellerstufen hinab. In der Garage legten wir ihn auf ein Brett. Die Decke war verrutscht. Wir mußten ihn erneut in die Decke einwickeln. Ich ging noch einmal hinauf und holte das Tischtuch von der Treppe. Wir breiteten es über das Gesicht. Hai ging in den Kellergang hinüber und suchte etwas in der Dunkelheit.

»Was suchst du?«

»Irgend etwas zum Graben«, antwortete Hai. »Habt ihr keine Schaufel?«

»Doch«, sagte ich. »Die vom Kehrichteimer.«

»Na«, antwortete Hai. »Wird schon gehen. Schließlich ist die Erde noch nicht tief gefroren.«

Er verließ den Keller, und ich stieg ihm nach. Edels Kleider verbrannten wir im Kohlenofen neben dem Gasherd. Wir verbrannten seine Bilder, die Farben mit den Pinseln, ein paar Postkarten vom Roten Kreuz, auf denen man ihm mitgeteilt hatte, daß man von seinen Eltern nichts wußte, und seine Schuhe.

Nachdem alles verbrannt war, packte ich meine Sachen. Im Schlafzimmer unter den Betten stand ein leerer Karton. In diese Schachtel legte ich alles hinein. Das Geschirr, die Wäsche und die Möbel gingen mich nichts an. Diese Sachen gehörten zur Wohnung. Weil ich es möglichst ordentlich machen wollte, schrieb ich einen Brief. Ich teilte mit, daß wir ausgezogen seien, und legte dem Brief Geld bei. Das Kuvert schob ich in der Wohnung unter uns zwischen einen Türspalt. Das Geld reichte für Miete, Gas- und Lichtrechnung.

Olga und Katt hatten inzwischen die Küche gereinigt. Wir verteilten im Atelier den Schnee über der Mulde, in der Edel gelegen hatte. Mittags aßen wir gemeinsam am Tisch. Wir aßen alles auf, was noch da war.

Nach dem Essen spielte ich mit Hai Schach. Am Nachmittag, gegen vier Uhr, verbrannten wir das Schachbrett mit den Figuren. Hai stellte sich ans Fenster, und ich stellte mich daneben. Wir warteten auf die Nacht. Gegen halb fünf wurde es düster, eine Viertelstunde später war es dunkel genug. Ich griff nach der Kehrichtschaufel, Hai nahm den Feuerhaken. Wir gingen hinunter in den Garten.

»Unter einem Baum?« fragte Hai. »Oder im Gebüsch?«

»Nein«, sagte ich. »Da sind zuviel Wurzeln. Möglichst auf einer freien Fläche.«

Wir suchten nach einer leeren Stelle und fanden einen günstigen Platz. Ich schaufelte den Schnee beiseite, dann stocherte Hai mit dem Feuerhaken in die Erde. »Es ist härter, als ich dachte«, sagte er.

»Ja«, sagte ich. »Aber es ist kein Eis, sondern nur Kruste.«

Fünf Minuten lang lockerte Hai die Erde auf, dann begann ich zu schaufeln. Alles, was ich heraufbekam, warf ich auf einen Haufen. Die Kehrichtschippe hatte einen zu kurzen Stiel. Anfangs ging es ziemlich schlecht, aber nach kurzer Zeit ging es besser. Ich schaufelte eine Rinne. Die Rinne war so lang wie die Leiche und etwas breiter als ein Mensch. Immer, wenn ich an dem einen Ende arbeitete, hackte an der anderen Seite Hai die Erde wieder locker. Langsam kamen wir vorwärts. Mir wurde warm.

Hai sagte: »Laß mich mal. Nimm den Feuerhaken, dabei strengt man sich nicht so an.«

Ich richtete mich auf, gab Hai die Schippe, und Hai schaufelte weiter. Da er sich breitbeinig über die Rinne stellte und zwischen seinen Beinen arbeitete, schaffte er auf diese Weise mehr als ich. Er sagte: »So muß man's machen.«

Einmal wandte er den Kopf zum Haus, aber es kam niemand, und er schaufelte weiter. Eine halbe Stunde hatte er gearbeitet, dann hielt er inne.

»Wie tief wollen wir es eigentlich machen?« fragte er.

»Noch eine Handbreit. Wegen der Hunde. Manchmal kriechen welche durch den Zaun und schnüffeln hier herum.«

Mit dem Feuerhaken lockerte ich wieder die Erde, und dann schaufelte Hai noch eine Handbreit heraus; und je tiefer wir kamen, desto besser ging es.

»Langt es?« fragte Hai.

»Ja, es langt«, sagte ich.

Wir richteten uns auf und legten das Werkzeug auf den Haufen Erde. Wir gingen zurück zum Haus und stiegen über die Kellertreppe in die Garage. An der Einfahrt zogen wir die Eisenstangen beiseite und drückten die Blechtür empor. Vor uns lag die betonierte Ausfahrt zum Garten. Und in diesem Augenblick läutete an der Haustür die Glocke.

»Wer kann das sein?« fragte Hai.

»Keine Ahnung!«

»Wenn sie uns jetzt noch aufspüren«, sagte Hai, »ist es Pech. Geh ruhig rauf und öffne.«

An der Hose wischte ich meine Hände sauber. Die Glocke läutete weiter. Ich ging durch den Keller die Treppe hinauf. Die Klappe des Sehlochs an der Haustür war zurückgeschoben. Ich sah hinaus und erkannte Davis. Mit dem Gesicht stand er genau vor dem Sehloch. Es war dunkel, und er erschien mir wie ein Schatten. Langsam öffnete ich die Tür.

»How are you, Roby«, sagte Davis. »Is Olga there?«

»Olga?«

»Yes, ich muß sprechen mit ihr!«

»Go on!« Ich zeigte auf die Treppe. »Olga ist oben.«

Davis nickte, trat über die Schwelle und an mir vorbei. Er stieg die Stufen hinauf. Um mich kümmerte er sich nicht. Da er sich nicht nach mir umdrehte, stieg ich wieder hinunter und ging in die Garage.

Hai fragte: »Wer war es?« Er lauerte in einer Nische neben der Tür zum Keller. In der Hand hielt er die Eisenstange vom Garagentor.

»Es war Davis«, sagte ich. »Er wollte zu Olga.«

»Hast du ihn hinaufgelassen?«

»Ja.«

Hai lehnte die Eisenstange an die Mauer, trat zur Leiche, bückte sich und packte sie an den Schultern. »Komm, faß an!«

Ich nahm die Leiche an den Beinen. Quer durch den Garten schleppten wir sie zu der freien Stelle. Hai ließ plötzlich vor der Grube die Schultern los. Ich konnte die Beine nicht mehr halten, und die Leiche rollte in die Grube wie ein Baumstamm. Auf einmal war sie steif.

»Das hätte es nun gerade nicht gebraucht«, sagte ich.

»Was willst du?« antwortete Hai. »Schließlich kann es mal passieren, daß man ausrutscht.« Er sah mich an. »Wollen wir ihn umdrehen?«

»Nein, es ist besser, er liegt mit dem Gesicht nach unten.«

»Wenn du meinst?« Hai bückte sich, griff nach der Kehrichtschippe und begann zu schaufeln. Die Erde war jetzt locker, und er brauchte sich nicht anzustrengen. Als er die Erde über der Leiche verteilt hatte, richtete er sich auf. Mit dem Fuß wollte ich den Schnee über die erhöhte Stelle schieben, aber er schüttelte den Kopf. »Erst müssen wir die Erde festtreten«, sagte er.

Ich trat zwei Schritt nach vorn. Genau an der Grenze zwischen lockerer und fester Erde blieb ich stehen. Ich rührte mich nicht. Hai trat auf die Erhöhung. Über der Leiche schritt er hin und her. Dann begann er zu hüpfen. Immer, wenn er auf die Erde sprang, klang es dumpf.

»Willst du mir nicht helfen?« fragte er.

Ich trat zu der Stelle, unter der die Beine lagen, schob einen Fuß vor und drückte damit ein wenig auf der Erde herum. Inzwischen sprang Hai drei- oder viermal auf den Fleck, unter dem der Kopf lag. Endlich hielt er inne.

»Jetzt ist es genug«, sagte er.

Wir traten in den Schnee und bückten uns. Mit den Händen schoben wir den Schnee über die bloße Erde und verwischten alle Spuren. Wir schwiegen eine Weile, dann hob ich die Kehrichtschaufel auf, und Hai nahm den Feuerhaken, und wir gingen zurück zur Garage.

Von innen schlossen wir das Tor, verriegelten es und schoben die Eisenstange in den Verschluß. Dann stiegen wir hinauf. Auf der Treppe knarrten die Stufen. Als wir die Küche betraten, saß Katt auf dem Sofa. Olga lehnte neben der Tür, und Davis stand am Fenster.

Hai rief: »Hello, alter Junge! Wie geht es dir?« Er lachte Davis freundlich an. Davis hob verlegen die Hand und lächelte dann zurück.

»Kennst du ihn?« fragte ich.

»Nie gesehen«, sagte Hai. »Sieht doch ziemlich dumm aus.«

»Sei vorsichtig.« Ich blickte Olga an. »Er versteht fast alles.«

»Deswegen braucht ihr nicht so steif herumstehen«, antwortete Hai.

Olga hüstelte. »Ich muß mit Rob reden.«

Hai trat zum Sofa, setzte sich neben Davis nieder, zündete sich eine Zigarette an und musterte ihn von der Seite.

»Na«, sagte ich zu Olga, »so rede doch!«

»Davis hat mir Papiere gebracht, dadurch bin ich jetzt eine Ausländerin geworden, er kann mich heiraten. Ich soll mit ihm gehen.«

Hai kratzte sich am Kopf. »Deswegen können wir ihn nicht rausschmeißen. Sieh jetzt zu, wie du ihn auf vornehme Weise los wirst.«

»Ihr versteht mich nicht«, sagte Olga. »Ich will mit ihm gehen. Das ist die Chance meines Lebens.«

Ich sah Hai an. Er stieß einen Pfiff aus. Dann lachte er. Er lachte laut. Das Gelächter schallte durch die Küche. Davis trat einen Schritt zur Seite.

»Also du willst jetzt eine Amerikanerin werden«, sagte ich. Olga ging zum Küchenschrank, nahm ihren Mantel herunter und legte ihn über den Arm. Am Boden stand ihre Handtasche. Sie hob sie auf und kam auf mich zu.

»Rob, versuche, mich zu verstehen! Ich wünsche dir alles Glück dieser Erde!«

»Danke!« Ich drehte mich um, sah die Wand an. Hinter mir wurde der Stuhl verschoben, dann klangen Schritte, die Tür schlug, und als ich mich umwandte, war Olga mit Davis gegangen. Katt sah mich an. Ihre Augen waren komisch aufgerissen, und ich brachte es fertig, zu lächeln.

Hai fragte: »Siehst du nun, was deine Illusionen dir einbringen?«

»Denke, wir müssen gehen«, sagte ich, drehte mich zur Tür, öffnete sie, holte aus dem Gang meinen Mantel und zog ihn an. Die Schachtel mit meinen Sachen stand neben mir. Als nach einiger Zeit Katt und Hai herauskamen, hob ich sie auf. Hai legte den Schalter des Lichtzählers um. Es wurde dunkel, und in der Finsternis stiegen wir die Treppe hinab. Ich schloß die Tür zur Wohnungstreppe ab. Unten verschloß ich die Haustür und warf den Schlüsselbund in den Briefkasten. Wir wandten uns stadteinwärts.

Als wir an die Stelle kamen, von der aus man in den Garten sehen konnte, blieben wir stehen. Eine Zeitlang blickten wir schweigend in die Dunkelheit, über den Schnee hinweg, auf die schwarze Silhouette der Baumstämme. Hai stand neben mir.

»Und was willst du jetzt tun?« fragte er.

»Was Besseres!«

Ich drehte mich um. Er und Katt blieben hinter mir zurück. Der Schnee glitzerte, und vor mir leuchtete ein erstes Licht.

Nachwort

DIE WIEDERENTDECKUNG, das läßt sich heute schon sagen, ist geglückt. »Inzwischen ist Gert Ledig wieder so bekannt, wie er es vor Erscheinen von *Vergeltung* im Herbst 1956 war«, schrieb die *Frankfurter Allgemeine* zur Frankfurter Buchmesse 2000, nachdem zwei der drei Romane Ledigs nach mehr als 40 Jahren wieder veröffentlicht worden waren: im Herbst 1999 der Luftkriegsroman *Vergeltung* (Erstpublikation 1956) und im Jahr darauf der Debütroman *Die Stalinorgel* (1955). Mit der vorliegenden Neuedition des Romans *Faustrecht* (1957) ist die bedeutsame Ledig-Trilogie nun innerhalb von nur knapp zwei Jahren wieder komplett vorhanden. Wer hätte das gedacht? Der Schriftsteller Gert Ledig wohl am allerwenigsten. Ich lernte ihn im Herbst 1998 als einen kauzigen alten Herrn kennen, der mich ungläubig ansah, als ich in seiner kleinen Eigentumswohnung am Ammersee saß und während des Gesprächs, das wir für ein Ledig-Porträt im *Spiegel* (Heft 1/1999) führten, nebenbei andeutete, daß es möglich sein müßte, für seine von Kritik, Germanistik und weitgehend auch vom Publikum vergessenen Romane wieder Verleger zu interessieren. Überhaupt schien er sich in der Rolle des Schriftstellers, der er seit Jahrzehnten entwöhnt war, eher unbehaglich zu fühlen. Schon zuvor am Telefon hatte er auf die Frage, ob er denn tatsächlich der verschollene Schriftsteller Gert Ledig sei, zurückhaltend geantwortet: »Schriftsteller? Nein. Das war ich vielleicht mal. Das ist lange her, und sicher bin ich mir da auch nicht.«

Die Ungewißheit, ob er sich als Schriftsteller verstehen dürfe, prägte Ledig schon zu Zeiten seines frühen Erfolgs mit dem Erstling *Die Stalinorgel*. Damals, im Frühjahr 1955, wurde der von der Literaturkritik gefeierte junge Autor zu einer Tagung der »Gruppe 47« eingeladen und sagte mit der Begründung ab, er könne unmöglich neben der Dichterin Ilse Aichinger bestehen (»um nur einen Namen zu nennen«): Seine *Stalinorgel* sei nur eine Kampfschrift. »Alles andere ist ein Mißverständnis«, schrieb er an Hans Werner Richter. Später besuchte er doch zweimal Tagungen der Gruppe, ohne sich ihr je zugehörig zu fühlen. Dabei kam gerade aus dem Kreis der Kollegen große Anerkennung – das Wenigste davon dürfte den Autor allerdings erreicht haben. So ist eine von Heinrich Böll im März 1955 verfaßte Rezension der *Stalinorgel* gar nicht erschienen und fand sich im Nachlaß (»das Weberschiffchen der Handlung flitzt an der Kette der Personen vorbei, webt sie erbarmungslos ein«); ein Lob von Anna Seghers, Ledig zeichne Leid und Tod auf beiden Seiten der Front authentisch, fiel auf einem Schriftstellerkongreß 1956 in Ost-Berlin; die Begeisterung Wolfgang Koeppens (»so ungeheuerlich wie großartig«) findet sich in einem Brief an Ledigs Lektor Hans Georg Brenner: »Der Ort der totalen Auswegslosigkeit ist erreicht.« Immerhin: eine beifällige Kritik von Siegfried Lenz erschien im März 1955 in der *Welt* (»ein bedeutendes Buch – und nicht allein wegen seines lauteren Ernstes«); sie fügte sich in eine ganze Reihe überaus positiver Besprechungen in zahlreichen Zeitungen. Im *Spiegel* (Heft 10/1955) war über Ledig zu lesen: »Er ist der erste Chronist eines Grauens, das die deutsche Kriegsliteratur so noch nicht widergespiegelt hat.« Der Roman *Die Stalinorgel* erlebte mehrere Auflagen und wurde in viele Sprachen übersetzt.

Und doch: als sollte Ledig mit seiner Skepsis recht behalten, erlebte er mit seinem zweiten Roman *Vergeltung*, der im Herbst 1956 erstmals erschien, ein Fiasko. Das begann schon mit der Ablehnung des Manuskripts durch den damals in Hamburg ansässigen Claassen-Verlag (»weil der Autor dem Teilgeschehen, das ja in einem größeren Raum stattfindet, keine Gerechtigkeit widerfahren läßt«); dort war der Erstling publiziert und hervorragend betreut worden – *Vergeltung* erschien nun im Frankfurter Verlag S. Fischer. Die Kritik reagierte überwiegend mit Unverständnis und Abwehr. Der schonungslosen Schilderung eines Bombenangriffs auf eine deutsche Stadt wurde am Ende gar die literarische Qualität abgesprochen: Ledig habe sich »in der Darstellungsart« vergriffen, war zu lesen, in einigen Szenen überschreite er »bei weitem das Maß des Zulässigen« und begebe sich auf das Gebiet »verantwortungsloser Skandalgeschichtenschreiber«. Von einer »gewollt makabren Schreckensmalerei« war die Rede, von »abscheulicher Perversität« und »Widerwärtigkeit«. Bisweilen versteckte sich allerdings hinter der Ablehnung ein großes Maß an Irritation, ja Faszination. Dennoch war es ungewiß, wie die literarische Öffentlichkeit mehr als 40 Jahre später auf diesen Roman reagieren würde und ob er eine

Chance hätte, nunmehr als bedeutendes Werk der deutschen Literatur wahrgenommen zu werden, wie ich 1999 im Nachwort zur ersten Ledig-Neuedition (im Suhrkamp-Verlag) hoffte. Es war nicht ohne Risiko, mit *Vergeltung*, diesem unerbittlich das Thema Luftkrieg umkreisenden Werk, die Wiederentdeckung des Autors einzuleiten. Doch die Reaktionen widerlegten alle Befürchtungen; offenbar traf der Roman jetzt, ein gutes halbes Jahrhundert nach Ende des Zweiten Weltkriegs, auf die richtigen Leser und Kritiker. Nun wurde »das Fehlen jeder metaphysischen Absicherung, die ungeschönte Bilderfülle der Hölle auf Erden« *(Der Tagesspiegel)*, also das, was seinerzeit Verstörung und Empörung ausgelöst hatte, endlich und uneingeschränkt als Qualität erkannt. »Diese Rhetorik der Bomben, des Feuers, der Ruinen, des Blutes, der zerfetzten Leiber und der Kadaver läßt keinen Ausweg, gewährt keinen Ruhepunkt«, faßte Wilfried F. Schoeller in der *Süddeutschen Zeitung* den Charakter des Buches zustimmend zusammen. In der *Frankfurter Allgemeinen* kamen zwei Kritiker geradezu ins Schwärmen. »Dieser Roman ist ein Meteor«, hieß es da. »Er belegt beides: daß es den Roman zum Luftkrieg in der Nachkriegszeit gab – und warum ihm kein großer Erfolg beschieden war. Wer sich vom parataktisch geknüpften Seil der Sätze in ihn hineinziehen läßt, hat bald den Eindruck, dieses Buch müsse damals von einem anderen Stern nach Deutschland hinabgefallen sein.« Und so ging es quer durch die deutschsprachige Zeitungslandschaft: ein einziger, fast einhelliger Lobgesang. Als dann im August 1999 auch noch im *Literarischen Quartett*, in der einflußreichsten literarischen TV-Sendung, der Roman *Vergeltung* empfohlen wurde, war der Weg für einen breiten Publikumserfolg geebnet. »Er hat die Wahrheit über den Krieg dargestellt, es ist ein erschütterndes Buch«, sagte Marcel Reich-Ranicki, der seinerzeit auch einen wichtigen Hinweis zur Wiederentdeckung des Autors gegeben und Ledigs Romane übrigens schon in den fünfziger Jahren für eine polnische Übersetzung empfohlen hatte, die dann allerdings nicht zustande kam. Auch die nachfolgende *Stalinorgel* stieß wiederum auf begeisterte Resonanz: Sibylle Cramer feierte den Roman in der *Neuen Zürcher Zeitung* als »ein Buch jäh abbrechender Lebensläufe und widernatürlicher Todesarten«: Mit seiner analytischen Schärfe und erzählerischen Radikalität in der Darstellung des Schreckens schließe Ledig »zu ästhetischen Freischärlern wie John Hawkes, Thomas Pynchon und Claude Simon auf«.

Der Autor Gert Ledig – eigentlich Robert Gerhard Ledig, geboren am 4. November 1921 in Leipzig – hat die positive Resonanz nicht mehr erlebt. Am 1. Juni 1999 erlag er in einer Landsberger Klinik einem Herzleiden, also noch bevor er die Neuausgabe der *Vergeltung* in der Hand halten konnte: die letzte bittere Pointe einer unglücklichen Autorenlaufbahn. Über sein Leben ist mittlerweile einiges über das hinaus bekannt geworden, was der wortkarge und von einer Kriegsverletzung am Unterkiefer auch rhetorisch beeinträchtigte Mann zu erzählen bereit war. An den Universitäten entstehen die ersten wissenschaftlichen Arbeiten über ihn. Der Briefwechsel mit dem Claassen-Verlag befindet sich heute im Deutschen Literaturarchiv in Marbach, eine umfangreiche Akte in der Berliner Gauck-

Behörde; im Nachlaß fand Ledigs Tochter zudem ein unveröffentlichtes Romanmanuskript *(Die Kanonen von Korčula)*, das in den sechziger Jahren entstanden sein dürfte.

Schon als Kind hatte Ledig familiäre Katastrophen zu verkraften: Der Vater verließ die Familie früh, drei Frauen in der näheren Umgebung begingen Selbstmord: erst eine Tante, dann 1938 gleichzeitig die Mutter und Großmutter. Ledig, der sich zum Elektrotechniker ausbilden ließ, meldete sich gleich zu Anfang des Krieges freiwillig – als Soldat konnte er bald Erfahrungen mit Vorgesetztenwillkür und, nach Protesten, mit einer Strafkompanie machen; zudem erlitt er zweimal schwere Verletzungen. Als diplomierter Ingenieur wurde er gegen Ende des Krieges in der Rüstungskontrolle eingesetzt. In der Nachkriegszeit wechselte er die Beschäftigungen in rascher Folge. Erst spät, etwa 1953, begann er sich auf seine literarischen Vorhaben zu konzentrieren. »Ich war damals sehr links«, erzählte er schon beim ersten Telefongespräch. Tatsächlich war er früh in die westdeutsche KPD eingetreten und hatte von Anfang an mit der entstehenden DDR geliebäugelt; später war er dort häufiger zu Besuch, hatte zeitweise sogar eine Wohnung in Ost-Berlin, schrieb für DDR-Zeitungen und hätte auch gern seine Romane im anderen deutschen Staat veröffentlicht gesehen, wozu es dann aber nie kam. Dafür suchte die Stasi seinen Kontakt, was Ledig offenbar interessant und keineswegs abwegig fand; gleichzeitig ließ sie ihn als unsicheren Kandidaten beobachten; so wurde auch eine junge Literaturkritikerin über ihn ausgefragt, die später eine bekannte Schriftstellerin werden sollte: Christa

Wolf. Die hielt Ledig laut Stasi-Protokoll schlicht für einen politischen »Wirrkopf«.

Warum wurde Ledig nirgendwo heimisch, auch nicht in der Literatur? Lag es an seiner eckigen Art, seiner inneren Unruhe, lag es an den Umständen? Gewiß hat die zum Teil schroffe Ablehnung seiner zuletzt veröffentlichten beiden Romane durch die westdeutsche Kritik wesentlich dazu beigetragen. Denn auch das dritte Buch *Faustrecht*, im Spätsommer 1957 publiziert (wiederum bei einem anderen Verlag: Kurt Desch in München), fand keine Gnade in den Augen der zeitgenössischen Rezensenten. So vermißte die *Frankfurter Allgemeine* in den »in einem fatalen Selbstmitleid schwelgenden Enthüllungen« einen ideellen Hintergrund: Die Figuren, Helden des Schwarzmarkts und Verbrecher, junge Frauen, die sich an Amerikaner verkaufen, mißfielen ganz offenkundig. Entlarvend die damalige Begründung (in einer anderen Rezension): »Es hat sie alle ohne Zweifel gegeben, aber Hunderttausende haben sich gleichzeitig recht und schlecht durchgeschlagen und sich trotzdem nicht außerhalb der Gesetze gestellt.« Wie im Fall von *Vergeltung*: Man wollte in den fünfziger Jahren von all dem nichts mehr wissen.

Faustrecht spielt in der unmittelbaren Nachkriegszeit: vor der Kulisse der Trümmerlandschaft von München. In der Tat sind die Protagonisten keine sehr sympathischen Gesellen: weder Robert, der Ich-Erzähler, noch sein Freund, der Maler Edel, den der Krieg nicht nur seine Zähne, sondern auch die Fingerfertigkeit gekostet hat, und schon gar nicht der Gangster Hai, ein alter Kumpan der beiden, der sich auf das Beklauen von amerikanischen Besatzungsfahrzeugen verlegt hat – und nun auf einen Jeep einen sinnlosen Überfall durchführt, wobei ihm Rob und Edel zur Hand gehen und alles schiefläuft. Schließlich gibt es drei Tote, darunter Edel; auch die beiden weiblichen Figuren, Katt und Olga, die sich einerseits prostituieren, andererseits die Hoffnung auf ein anderes Leben nicht aufgegeben haben, sind hilflos und unfreiwillig in das Drama verstrickt. Als regelrechtes Drama hatte Ledig den Stoff zunächst auch konzipiert: Ein Theaterstück mit dem Titel *Faustrecht* wurde im Sommer 1957 fertiggestellt – offenbar arbeitete der Autor parallel dazu an der bald danach publizierten Prosafassung, deren Dialogfreudigkeit sofort ins Auge fällt. »Die Handlung spielt 1946 in der amerikanischen Besatzungszone Deutschlands und stellt die Charaktere in den luftleeren Raum nach der Katastrophe, in eine gesellschaftslose Zeit, in der sich der Mensch bis zur Selbstvernichtung entblößt zeigt«, sagte Ledig im Juli 1957 der *Deutschen Volkszeitung* in einem Gespräch.

Es ist erfreulich, daß nach den beiden Kriegsromanen nun auch *Faustrecht* wieder zugänglich ist, der Roman, der das Bild abrundet. Erst zusammen ergibt sich der Dreiklang von Stalinorgel, Luftschutzsirene und Stille in der Trümmerwelt. Zugleich ist *Faustrecht* die mörderische Farce zum Vorhergehenden – Ledig kehrt die brutale Seite der Nachkriegszeit deutlich hervor, doch mit ganz anderen Mitteln als in den ersten beiden Büchern. Auf den ersten Blick mag das enttäuschend sein: Die Wucht und atemlose Hektik der beiden Kriegsromane besitzt *Faustrecht* zweifellos nicht. Ledig demonstriert vielmehr eine lapidare Gelassenheit, am ehesten erinnert sein Stil hier an Ernest

Hemingway oder sogar Albert Camus; offenbar war ihm bewußt, daß die kleinen und großen Tragödien zwischen Ruinen nicht in der gleichen Tonlage wie ein Stellungskampf oder ein Luftangriff zu schildern waren.

Heute läßt sich das Buch mit nahezu archäologischer Neugier lesen. Zwar spielt der Roman weitgehend in geschlossenen Räumen, in einer Bar und einer Wohnung, dafür aber sind die wenigen Ausflüge der Figuren in den Nachkriegsalltag äußerst detailgenau dargestellt: wie etwa die Straßenbahnfahrt auf den Puffern zwischen den Waggons oder der Besuch in einer Apotheke, wo die dringend nötigen Medikamente nicht zu erhalten sind. »Wir haben den Krieg verloren«, sagt der Apotheker voller Sarkasmus zum Ich-Erzähler. »Wußten Sie das nicht?« Ohne die unmittelbare Vergangenheit ständig zu betonen, läßt Ledig sie doch stets präsent sein, und sei es dadurch, daß am Bahnhof Gefangene unter US-Aufsicht Leichen bergen, die immerhin schon »länger als ein halbes Jahr unter den Trümmern« gelegen haben. Auf diese Weise sind auch die ersten beiden Werke der Trilogie (die der Autor selbst nie als solche bezeichnet hat) insgeheim präsent. »Ihre Hygiene ist vorbildlich«, sagt der Ich-Erzähler einmal über die Amerikaner, und sein Freund antwortet ihm: »Deswegen verbrannten sie auch unsere Säuglinge mit Phosphor.« Oder es heißt kühl über die vergebliche Hoffnung einer Mutter, daß ihr Sohn aus Rußland heimkehren könnte: »Etwas Langweiligeres als die Geschichte von jemandem, der aus den Welikaja-Sümpfen nicht zurückgekehrt war, gab es nicht.«

In einem bleibt sich Ledig auch im dritten Buch treu,

dem letzten Roman, den er veröffentlicht hat: Er verzichtet weitgehend auf Erklärungen und psychologische Begründung – seine beschädigten Helden geistern durch eine zertrümmerte Welt, und auch eine zart angedeutete Liebesgeschichte zwischen dem Ich-Erzähler und dem Mädchen Olga kann sich nicht entfalten. »Etwas Besseres als den Tod findest du überall«, hieß es einst im Märchen. So ähnlich klingt auch Gert Ledigs Romanzyklus über Krieg und Nachkrieg aus: mit minimalem Optimismus.

Hamburg, Januar 2001   *Volker Hage*

PIPER

Sándor Márai
Zwischen Himmel und Erde

Aus dem Ungarischen übersetzt, mit Anmerkungen und einem Nachwort versehen von Ernö Zeltner. 343 Seiten. Geb.

»Was aber ist das Geheimnis der großen, lebendigen Prosa? Bisweilen glaube ich fast, nur die Wahrheit.« Sándor Márais geschliffen formulierte Selbstgespräche über Kunst und Literatur, seine Reflexionen über die Natur und deren Vergänglichkeit, über Moral und Gefühl sind von eindrucksvoller Prägnanz und Einsicht. Doch so impressionistisch leicht diese Texte auf den ersten Blick wirken mögen, so zeichnet sich bereits Márais Resignation ab. Sein Rückzug aus dem öffentlichen Leben, sein Sich-Abwenden von den Ereignissen und die gleichzeitige Hinwendung zum reinen Wort finden in diesem 1942 vom Autor selbst zusammengestellten Band eine deutliche literarische Form. Die Leser, die Sándor Márai durch seine Romane »Die Glut« und »Das Vermächtnis der Eszter« kennengelernt haben, werden auch bei diesen Miniaturen die kunstvoll ausgewogene Balance zwischen Intellekt und Gefühl schätzen.

Sándor Márai
Die Glut

Roman. Aus dem Ungarischen von Christina Viragh.
219 Seiten. Serie Piper 3313

Ein ungarisches Jagdschloß am Fuß der Karpaten – einst prachtvoller Ort für festliche Soireen, wo die mit Kerzen erleuchteten Säle von Chopinscher Klaviermusik erfüllt waren. Doch nun steht es mit seinen zerschlissenen Seidentapeten und blinden Spiegeln für den Verfall einer Epoche.
Sein ganzes Leben hat Henrik, der Sohn des Gardeoffiziers, hier verbracht, und nun ist der Augenblick gekommen, auf den er seit 41 Jahren gewartet hat: Konrad kündigt sich an, sein engster Freund aus Jugendtagen, der damals, nach jenem denkwürdigen Jagdausflug, überstürzt ans andere Ende der Welt abgereist war. Endlich kann das Geheimnis gelüftet werden: Welche Rolle hatte Krisztina, Henriks schöne junge Frau, für sie beide damals gespielt?
Einen einzigen Abend, eine einzige Nacht dauert das Treffen der beiden alten Männer. Mit peinigender Offenheit gehen sie den Fragen nach Wahrheit und Lüge auf den Grund. Ähnlich wie Schnitzler oder Joseph Roth vermag es Márai, die Melancholie, die mit dem Zerfall des k.-k.Reiches einherging, heraufzubeschwören

PIPER

Sándor Márai
Das Vermächtnis der Eszter

Roman. Aus dem Ungarischen von Christina Viragh.
165 Seiten. Geb.

Am Morgen des Tages, an dem Lajos zurückkehren soll, geht Eszter in den Garten, um Dahlien zu pflücken, die sie in Vasen auf der Veranda und im Salon arrangiert.
Zwanzig Jahre ist es her, daß er mit seinem unverschämten Charme, seiner betörenden, so unberechenbaren Präsenz die ganze Familie in Bann geschlagen hatte: ihren Bruder Laci, die Schwester Vilma und am leidenschaftlichsten sie selbst – Eszter. Bis heute ist Lajos ihre einzige große Liebe geblieben, und bis heute ist sie unheilbar verletzt darüber, daß er damals spontan Vilma und nicht sie geheiratet hat. Nun aber taucht er wieder auf, dieser verführerische Lügner im weißen Leinenanzug, und mit ihm drei geheimnisvolle Briefe, die eine schreckliche Wahrheit zutage fördern...

PIPER

Leonie Ossowski
Die schöne Gegenwart

Roman. 368 Seiten. Geb.

»Wären die Spiegel blind geworden, ich hätte es nicht bemerkt« – Nele Ungureit nimmt sich nicht mehr wahr, sie ist sich selbst fremd geworden. Nach über dreißig glücklichen Ehejahren hat Fred sie von heute auf morgen verlassen, und so ist Neles idyllische Vorstellung vom gemeinsamen Altwerden einfach zerstoben. An ihr neues Leben allein aber muß sie sich erst gewöhnen, muß lernen, ihre Freiheit zu genießen. Bis eines Tages ein dicker Umschlag in Neles Briefkasten liegt, der sie zur Erbin der großzügigen Stadtvilla ihres Onkels macht. Sie lehnt sich gegen die eigenmächtigen Pläne ihres Sohnes auf – und setzt ihren ganz und gar ungewöhnlichen Traum von dem »weißen Haus« in die Tat um...
»Die schöne Gegenwart« ist ein ebenso kluger wie engagierter Roman um eine Heldin, die dem Alter mit weiblicher Intuition und bewundernswerter Phantasie begegnet.

PIPER

Halina Poświatowska
Erzählung für einen Freund

Roman. Aus dem Polnischen von Monika Cagliesi.
240 Seiten Geb.

Als Halina Poświatowska 1967 im Alter von 32 Jahren stirbt, hinterläßt sie neben Hunderten von Gedichten diesen einzigen Roman, der zugleich ihre eigene Autobiographie ist: Er erzählt von einer hochbegabten jungen Frau, die seit ihrer Kindheit im Zweiten Weltkrieg schwer herzkrank ist – und um so intensiver lebt und liebt, um so sensibler wahrnimmt und schreibt, je näher sie die Bedrohung durch Krankheit und Tod spürt. Freunde, polnische Künstler
und Förderer im Ausland ermöglichen ihr eine Reise nach Amerika, denn in der Neuen Welt, so hofft sie, kann die aufsehenerregende Operation am offenen Herzen durchgeführt werden, die ihr Leben retten wird …
Leidenschaft und Melancholie, Trotz und ein ganz eigener Humor machen diesen Roman zu einem bewegenden literarischen Vermächtnis.

PIPER

Leo Klüger
Lache, denn morgen bist du tot

Eine Geschichte vom Überleben. Aus dem Schwedischen von Verena Reichel. 362 Seiten mit 17 Abbildungen.
Serie Piper 3072

Leo Klügers Buch ist ebenso einzigartig wie sein Lebensweg. Wäre es nicht alles bitter erlebte Wirklichkeit, könnte man es einen Schelmenroman nennen. Das beginnt mit seiner Flucht 1938 aus Wien nach Brüssel, wo er sich im Untergrund verstecken muß, und setzt sich fort in Südfrankreich, wo er in einem Lager mit Mut und Mutterwitz den Überlebenskampf besteht. In Auschwitz dann wird es zu einem Kampf gegen das Unfaßliche: Mit einer Truppe von Schauspielern und Sängern gelingt es ihm, gegen den Tod anzusingen, anzuspielen und anzulachen... Diese Überlebensgeschichte bietet nicht nur neue unbekannte Einzelheiten, etwa über die Lager in Frankreich, sie ist vor allem eine Erzählung über Menschen in Extremsituationen fern jeder Schwarzweißmalerei: Nicht alle Häftlinge sind gut, nicht alle SS-Männer durch und durch böse. Ein anrührendes und wahrhaftes »document humain«, das Mut zum Leben macht.

PIPER

Rosetta Loy
Die Pforte des Wassers

Roman. Aus dem Italienischen von Maja Pflug. 160 Seiten. Geb.

Dies ist die Geschichte einer unerwiderten Leidenschaft. Einer großen kindlichen Zuneigung, entgegengebracht jenem blondbezopften Fräulein mit immer frisch gewaschener, rosiger Haut, die das kleine Mädchen auf unerklärliche Distanz hält. Die die langen Sonntagnachmittage mit beängstigenden, gruseligen Geschichten von abgeschnittenen Daumen und lichterloh brennenden Mädchen füllt. Die aber der Leere, die die riesige, düstere Wohnung, der abwesende Vater, die in einer Maske aus Schminke erstarrte Mutter für das Kind bedeuten, keine Wärme und kein Leben einzuhauchen vermag. Trotzdem bricht eine Welt für das Kind zusammen, als es eines Tages Anne Maries Leinenkoffer im Flur stehen sieht und von einem letzten flüchtigen Kuß gestreift wird.